La Prescelta

Thea Harrison

Dall'autrice di bestsellers del New York Times e USA Today, Thea Harrison…

Un Lupo sulle tracce di…

Wulfgar Hahn, meglio noto come il Lupo di Braugne, è un uomo con una missione. Determinato a vendicare l'omicidio di suo fratello, si ferma all'Abbazia di Camaeline per incontrare la Prescelta di Camael, la dea del Focolare. Sfortunatamente, la Prescelta non vuole avere nulla a che fare con lui.

Un leader in incognito…

Affascinata dal Lupo di Braugne contro la propria volontà, Lily si spaccia per una modesta sacerdotessa con l'obiettivo di scoprire di più sul conto di quest'uomo spietato. Ma le cose non sono come sembrano e, dopo aver sventato un tentato omicidio, Lily deve decidere se Wulf è il distruttore che appare nelle sue visioni o l'eroe dei suoi sogni.

Una difficile scelta da fare…

Col profilarsi minaccioso della guerra, la passione divampa tra loro, ma una relazione stabile tra un soldato in missione e un capo che venera il Focolare e la propria casa è impossibile… o no? Durante il Masque del solstizio d'inverno, tra i fiocchi di neve che cadono turbinando, danzano gli dèi delle Antiche Razze, e l'amore troverà la sua strada…

Capitolo Uno

L A MAGIA PIOMBÒ portata dal vento invernale.

Nel momento in cui Lily attraversò le grandi porte di legno rinforzato e mise piede fuori sul molo scivoloso, il vento le tirò con forza i riccioli dei capelli. Inspirò a fondo. L'aria era fredda e umida, e il profumo salmastro del mare le riempì le narici.

Margot e il resto del gruppo la seguirono, raggruppandosi istintivamente il più vicino possibile gli uni agli altri in cerca di calore.

Dentro l'Abbazia di Camaeline, a rotazione le sacerdotesse mantenevano attivo un incantesimo di protezione che avvolgeva come una rete le persone che avevano trovato rifugio tra quelle mura, espandendolo fino a coprire l'intera isola. Camael era la dea del Focolare e l'Abbazia era piena di luce, calore, amicizia e conforto.

All'interno dell'edificio, la magia esterna sembrava niente più che una seccatura.

Al di là delle mura dell'Abbazia, invece, era ben diverso. Là fuori l'aria era oscura, pericolosa, permeata di malvagità.

Margot si fermò accanto a Lily e guardò il cielo.

Dannato vento magico, le disse Margot, usando la telepatia. *Il responsabile di questo incantesimo ha un raggio d'azione eccezionale. Sento che la magia è sparsa ovunque, non ha un'unica direzione. Non riesco a leggere con chiarezza qual è il punto d'origine, tu ce la fai?*

Nei sei mesi precedenti, lei e Margot avevano preso l'abitudine di parlarsi telepaticamente. Fintanto che si trovavano in un raggio di sei metri l'una dall'altra, potevano confrontarsi e condividere le idee in totale privacy. Era una cosa utile, specialmente quando c'era della gente intorno a loro.

Accigliandosi, Lily parlò lentamente, esprimendosi con cautela su quella faccenda. *Avrei bisogno di allontanarmi un po' per esserne sicura, ma penso che diversi maghi stiano lavorando insieme per manipolare il clima. Se sono sparpagliati sul territorio, non riusciremo a risalire a un'unica sorgente.*

Diversi tempestari stanno usando un incantesimo vietato? Margot serrò le mascelle. *A volte odio le tue ipotesi sensate.*

Lily le sorrise triste. *Le odi solo quando non ti piacciono.*

Sì, lo ammetto. Margot fece una faccia strana. *Chi credi ci sia dietro tutto questo, Guerlan o Braugne?*

La giovane sentì la tensione pizzicarle il collo, minacciando di trasformarsi in un bel mal di testa da stress. *Non ne ho la più pallida idea. Potrebbe essere opera di uno di loro… oppure il colpevole è un altro regno.*

L'amica le rivolse un rapido sguardo lugubre. Fece dei gesti bruschi in direzione del resto del gruppo e tutti si sistemarono nelle posizioni assegnate.

Rabbrividendo, Lily si ficcò dietro un orecchio una ciocca di capelli ribelle con una mano guantata e si posizionò nel punto prestabilito. Proprio come fecero tutti gli altri, spostò la sua attenzione sulla chiatta larga e tozza che era partita dal porto della città costiera di Calles.

La prua smussata dell'imbarcazione scricchiolava mentre attraversava il sottile strato di ghiaccio che galleggiava sopra le acque basse intorno all'isola dell'Abbazia di Camaeline.

Mancava ancora più di una settimana al solstizio

d'inverno. In genere era un periodo di celebrazioni che culminavano con il Masque degli Dèi. Ma quell'anno il normale freddo invernale era diventato insolitamente pungente, e nel mese precedente si era fatto ancora più intenso a causa degli attacchi magici lanciati da maghi ignoti, perciò nessuno aveva voglia di festeggiare alcunché.

Entro la successiva luna nuova, il mare tra l'isola e la terraferma si sarebbe congelato per la prima volta dopo secoli. Secondo vari resoconti, il raccolto in tutti i sei regni di Ys sarebbe stato scarso, e ora avrebbero dovuto affrontare anche temperature polari.

Lily pensò alle piccole fattorie che punteggiavano la campagna. I tempestari dovevano essere fermati, o quell'inverno tante persone avrebbero perso il bestiame e, probabilmente, anche i propri familiari.

C'era un motivo se l'uso della magia per manipolare il clima era stato bandito. Gli accordi internazionali prevedevano che i tempestari potessero lanciare gli incantesimi solo per decreto reale e con lo scopo di evitare disastri naturali.

Tuttavia i regni di Braugne e Guerlan erano in rotta, pronti a farsi la guerra, e le implicazioni dietro quegli incantesimi climatici erano spaventose. Era stato il re di Guerlan a violare i trattati e a mandare quel terribile inverno su Ys, oppure era stato il re di Braugne?

Chiunque avesse dato quell'ordine ai maghi, non si rendeva conto che avrebbe ucciso delle persone. E, come se non bastasse, la barca che avanzava inesorabilmente verso le porte dell'Abbazia trasportava il famigerato Lupo di Braugne in persona, accompagnato da un gruppo di soldati armati.

Erano apparsi sull'orizzonte coperto di neve poco dopo mezzogiorno. Se fossero comparsi più tardi, avrebbero potuto camminare direttamente sopra quello stretto braccio di mare. Invece, i soldati che dovevano remare erano costretti a fare parecchia fatica per consentire alla chiatta di passare attraverso la superficie ghiacciata dell'acqua.

Lily guardò i suoi compagni. Margot era in prima linea e osservava la nave avvicinarsi sempre più. La giovane era il primo ministro del consiglio di Camaeline, ed era una visione impressionante coi suoi capelli rossi e il mantello color avorio foderato di pelliccia e i guanti coordinati.

Sei sacerdotesse le stavano accanto, tre per lato, che a loro volta erano fiancheggiate da guardie armate, i Difensori del Focolare. Lily occupava la posizione centrale del terzetto di sinistra, una sacerdotessa come le altre.

Niente della sua persona risaltava, a differenza di Margot. Portava un mantello di un modesto color marrone, anche se, ringraziando gli dèi, era foderato e caldo, e sotto indossava robusti stivali invernali, pantaloni neri e una giacca imbottita lunga fino alle cosce, che copriva una semplice tunica bianca.

Era più bassa di Margot, e più scura nei colori: la sua pelle era olivastra, gli occhi castani e i capelli neri, che erano fini e si rifiutavano di crescere oltre le scapole o di restare dignitosamente bloccati dalle forcine. In estate aveva trascorso all'aria aperta quanto più tempo le era stato possibile, spesso scalza, e il sole l'aveva abbronzata al punto da farla somigliare a una nocciola dal guscio marrone scuro.

C'erano migliaia di donne come lei, centinaia di migliaia, che lavoravano nei campi, badavano ai negozi e servivano i nobili nei loro manieri e castelli.

Compiaciuta del proprio anonimato, infilò entrambe le mani nel mantello. Era anche soddisfatta di vedere le altre sacerdotesse dimostrare con le loro schiene dritte lo stesso orgoglio di Margot, come facevano anche i Difensori schierati accanto a loro.

In aperto contrasto con la loro calma esteriore, l'aria intorno al gruppo si agitò, riempiendosi di immagini che solo Lily poteva vedere.

Ciò che lei chiamava psiche di ogni individuo aleggiava sopra e dietro le loro teste, come ombre gettate su un muro.

Quando lei e Margot erano bambine e frequentavano la scuola dell'Abbazia, la psiche di Margot somigliava a una figura scarna e affamata, che oscurava la sua giovane bellezza, almeno agli occhi di Lily. Nessuno se ne era accorto tranne lei e, visto che la sua amica proveniva da una famiglia nobile e ricca, sarebbe stato davvero difficile che qualcuno potesse crederle se l'avesse raccontato.

Le cose erano cambiate quando Margot aveva accettato il ruolo di primo ministro del consiglio dell'Abbazia. Appena aveva avuto un posto suo e una funzione che la facevano sentire amata e necessaria, la sua psiche si era irrobustita. Non più affamata, era diventata forte e protettiva.

La psiche delle altre sacerdotesse e dei Difensori erano irrequiete, inclini all'aggressività, nervose e totalmente spaventate, ma niente di tutto quello traspariva dai loro visi.

Dietro di loro, i varchi dell'Abbazia erano stati chiusi e sbarrati secondo gli ordini della Prescelta. I cancelli erano fissati ad antiche mura di pietra che confinavano con la scogliera alle estremità dell'isola.

Nella torre di guardia più vicina, i membri del consiglio, altre sacerdotesse, lavoranti e cittadini attendevano l'imminente scontro guardando attraverso le alte finestre della struttura.

Il palcoscenico per l'incontro era pronto e il pubblico riunito. Se non altro, sarebbe stato uno spettacolo interessante.

In pochi attimi, la chiatta si era avvicinata abbastanza da permettere a Lily di distinguere le fattezze di vari soldati. Erano schierati a riposo.

L'uomo alla loro testa catturò la sua attenzione.

Il Lupo di Braugne era più giovane di quanto lei credesse, forse non aveva nemmeno trent'anni. Era in piedi con la spada sfoderata, la punta dell'arma piantata nelle assi di legno del ponte tra i suoi piedi, e stringeva l'elsa con entrambe le mani guantate. I suoi capelli neri erano sferzati dal vento, il viso duro, segnato dalle intemperie.

Numerose erano le voci su di lui che si rincorrevano per tutti i sei regni. Storie che diventavano sempre più spaventose, man mano che passavano di bocca in bocca. In piena estate il sovrano di Braugne, fratello del Lupo, era morto in una terribile valanga che aveva fatto crollare una miniera di sale e distrutto parte della vicina città.

Le prime chiacchiere sull'accaduto erano giunte anche all'Abbazia, subito seguite da altre sempre più insistenti. La gente diceva che la valanga non era stata accidentale. Si era trattato di un atto di pura, calcolata malvagità, provocato proprio dal Lupo per uccidere il fratello, e adesso quell'uomo stava marciando attraverso Ys in una personale scalata al potere, uccidendo tutti coloro che gli si opponevano, compresi bambini e neonati, e riducendo in cenere tutto ciò che possedevano.

A una prima impressione, non sembrava all'altezza della sua leggenda. I suoi occhi non emanavano bagliori rossi, né torreggiava sui suoi uomini superandoli in altezza di una buona testa. A essere onesti, Lily ne era un po' delusa. Era rimasta affascinata dall'idea che avesse la lingua biforcuta, gli zoccoli di caprone e la coda.

E invece no; quell'uomo sembrava in tutto e per tutto un essere umano. Anche se la sua figura emanava forza e aveva il portamento eretto tipico dei soldati esperti, non si poteva certo definire bello. Potevano trovarsi in mezzo alla folla di un mercato e lei gli sarebbe passata accanto, sfiorandolo senza neppure guardarlo in faccia.

Poi, quando la chiatta arrivò abbastanza vicina al molo, guardò gli occhi neri e scintillanti del Lupo e pensò che, no, non sarebbe mai riuscita a finirgli addosso casualmente e passare oltre senza neppure guardarlo in faccia. Il suo corpo immobile conteneva una personalità immensamente forte, come se un meteorite incandescente si fosse incarnato in un essere umano. Era proprio come un lupo travestito da agnello, una furia devastante che indossava un'espressione mite mentre concentrava la sua attenzione su un piccolo regno che si trovava sulla sua strada per il dominio totale di Ys.

Se si voleva dar retta alle voci su di lui.

Trasse un respiro profondo e, quasi senza accorgersene, spinse indietro il cappuccio quando fissò il Lupo e i suoi uomini.

La psiche dei soldati sull'imbarcazione si muoveva turbolenta e si sollevava con forza, mostrando la stessa agitazione del gruppo sullo stretto molo dell'Abbazia. Le immagini erano spettrali e trasparenti, era impossibile distinguerle quando gli uomini si trovavano così vicini gli uni agli altri.

Tutti insieme, brillavano di un'energia impetuosa, bramosa, come fossero un gruppo di cani da caccia tenuti a freno da uno stretto guinzaglio, perciò Lily non poté leggere il Lupo. Aveva bisogno di vederlo da solo per potersi fare un'idea su di lui.

Serrò le labbra e fece scorrere lo sguardo sul gruppo, nel tentativo di racimolare qualche informazione utile.

A differenza delle Altre Terre di cui aveva letto, la maggior parte della popolazione di Ys era umana. I vampiri, i fae oscuri e quelli di luce, i djinn e le altre creature del territorio dei demoni come le meduse, i troll e gli stessi demoni, erano per lo più racconti divertenti di paesi molto lontani. Tuttavia Lily vide tra i soldati di Braugne il viso austero e le orecchie slanciate e appuntite di un elfo; accanto c'era un altro uomo il cui aspetto faceva pensare fosse per metà wyr.

Man mano che coglieva dei dettagli casuali, la giovane stringeva gli occhi. Allo stesso modo del gruppo dell'Abbazia in attesa, i soldati sulla chiatta si mostravano uniti, ma non era tutto a posto tra gli uomini del Lupo.

Lily, rimettiti il cappuccio! esclamò telepaticamente Margot. *Non voglio che il Lupo veda la tua faccia!*

La replica della giovane donna fu distratta. *Nascondersi sotto un cappuccio non ci darà alcuna protezione da ciò che sta per arrivare.*

Non puoi saperlo! scattò Margot.

Lily lanciò un'occhiata all'amica. *Con tutte le visioni che la dea ha ritenuto opportuno inviarmi, in realtà, ne sono certa.*

Margot serrò le labbra; in quell'esatto momento una voce potente e aspra corse rapida sull'acqua e annunciò: «Wulfgar Hahn, Protettore di Braugne, manda i suoi saluti alla Prescelta dell'Abbazia di Camaeline.»

La voce la fece trasalire. Era stata così presa dal raccapezzarsi in quella baraonda di visioni e dal discutere telepaticamente con Margot, che non aveva notato il soldato più anziano e muscoloso del gruppo farsi avanti, finché non aveva parlato.

Il soldato fece un inchino a Margot.

Wulfgar Hahn non si inchinò. Osservava la scena con espressione imperturbabile.

«Vi sbagliate,» replicò la donna, tutta gelo e superbia. Margot era molto più di un bel faccino e temperamento impetuoso. Era anche un'abile maga, e teneva il suo potere pronto a reagire contro qualsiasi accenno di attacco. «Non sono la Prescelta di Camael. Io sono Margot Givegny, primo ministro del consiglio di Camaeline, e se il tuo comandante ha qualcosa da dirmi, può farlo da sé.»

Torvo in viso, il soldato aprì la bocca per replicare, ma il Lupo gli mise una mano guantata sulla spalla.

«Ho inviato un messaggio ieri, dicendovi che vorrei parlare con la vostra Prescelta,» disse con una piacevole voce profonda.

Margot lo fissò con sussiego, e Lily dovette mordersi un labbro per reprimere un sorriso. Nessuno riusciva a essere più altezzoso della sua amica quando ci si metteva.

«La nostra Prescelta non risponde alle parole imperiose degli stranieri,» ribatté con freddezza il primo ministro.

Il Lupo chiuse gli occhi, serrando il suo sguardo cupo e affilato. Quello rese il suo viso duro e inespressivo ancora più enigmatico.

«Che risposta sfortunata.» La piacevole voce del Lupo si fece aggressiva.

«Le avevo portato in dono degli antichi manoscritti, e dell'oro per l'Abbazia. Avremmo potuto condurre i nostri affari nel modo più piacevole possibile.»

Quando pronunciò le parole *antichi manoscritti*, per un momento Lily fu tentata di accantonare la sua missione, e con una stretta al cuore accarezzò l'idea di poterli leggere. Ma, per quanto l'offerta fosse allettante, accettare sarebbe stato del tutto inappropriato per la Prescelta.

«Non rientra nei nostri doveri rendere i vostri affari *più piacevoli possibile*,» fu la risposta di Margot. «L'Abbazia non desidera i vostri doni.»

Il Lupo sollevò un sopracciglio e subito la sua faccia ordinaria divenne dolcemente minacciosa. «Mi sono presentato a voi con cortesia, a dire il vero, con molta più cortesia di quanta ne abbia mostrata a qualsiasi altro regno con cui ho avuto a che fare fino a ora. Sarebbe saggio tenerne conto.»

«Non c'è alcuna cortesia nel presentarsi alle nostre porte con un esercito,» sibilò Margot.

Wulfgar fece un cenno verso la costa deserta. Perfino Calles era silenziosa, dato che la maggior parte dei suoi cittadini si era rifugiata sull'isola. «Vedete un esercito?»

«Potete averlo tenuto lontano dalla nostra vista, ma sappiamo che c'è. Credevate che non ce ne accorgessimo? È accampato oltre il bosco.»

Quella fu la volta di Wulfgar di sibilare. «L'ho lasciato indietro sempre per mostrarvi cortesia. Non sono giunto qui con un esercito.»

«Tutte le terre che circondano la città fanno parte di Calles,» scattò Margot. «Voi *siete* alla nostra porta. Avete abbattuto gli alberi della Prescelta e li avete usati come legna da ardere. Vi siete accampati sulle sue terre, cacciato i suoi animali e bevuto l'acqua dei suoi ruscelli senza alcun permesso. Avete violato i nostri confini. Se intendevate essere *cortese*, avreste dovuto inviare un messaggero per chiederci il permesso prima di mettere piede sulla nostra terra, voi con tutto il vostro esercito.»

Entrambi erano magnifici mentre ardevano di rabbia. Se fossero stati su un palcoscenico, ne sarebbe venuta fuori una grande storia d'amore, ma Lily ebbe l'impressione che il Lupo facesse solo finta di essere furioso e che il suo sguardo irrequieto vagasse su ogni dettaglio del luogo.

Non aveva dubbi che avesse notato tutto, incluso il fatto che quella lingua di terra scavata nella roccia su cui si trovavano le sacerdotesse e i Difensori era troppo stretta per qualsiasi esercito che volesse usare con efficacia un ariete sulle massicce porte dell'Abbazia.

L'isola era ampia circa tre chilometri ed era circondata da scogliere. Non c'era spiaggia, solo pericolose rocce nere, molte delle quali venivano sommerse dall'alta marea. Svariate generazioni di tagliapietre avevano lavorato alla costruzione delle antiche mura che torreggiavano lungo il margine della scogliera. L'Abbazia di Camaeline era conosciuta per la sua inespugnabilità e, a volte, durante la sua lunga storia, era stata un rifugio per famose personalità.

Il Lupo e Margot continuavano a tirarsi frecciatine. La loro discussione passò in secondo piano per Lily, che inclinò la testa e fece un piccolo passo di lato. E un altro. Quando urtò la sacerdotessa alla sua sinistra, sentì su di sé uno sguardo esitante.

Aveva sperato che, cambiando prospettiva, avrebbe ottenuto una visione più chiara, ma non era servito, e fece un sospiro frustrato. Valutare la psiche di qualcuno le dava indizi vitali su quella stessa persona, ma non riusciva a leggere Wulfgar, non con quella situazione a fare da sfondo, soprattutto perché non c'era nessuna postazione utile dalla quale osservarlo, e i movimenti del Lupo e dei suoi uomini sarebbero stati limitati fintanto che fossero rimasti sulla chiatta.

Margot non avrebbe permesso al Lupo di Braugne di scendere a terra, perciò Lily doveva trovare un altro modo per ottenere le informazioni che voleva.

Nel momento in cui giunse a quella conclusione, di colpo la giovane si accorse che intanto sul molo era accaduto qualcosa di importante.

Pareva che la discussione avesse raggiunto un punto di svolta. Comprese vagamente che qualcosa era stato suggerito e accettato, ma era stata così presa dai suoi pensieri che se l'era persa.

All'improvviso, fu trafitta dallo sguardo potente e tenebroso di Wulfgar. Colta di sorpresa da quell'inaspettato interesse, si sentì trapassare, come una farfalla inchiodata con uno spillo.

«Accetto,» disse il Lupo rivolto a Margot. «Penso che un intermediario dell'Abbazia sia esattamente ciò che mi serve.» Fece un cenno verso Lily. «Scelgo quella.»

Margot avvampò di sdegno. «Non potete scegliere una delle mie sacerdotesse come fosse un cavallo e pensare di portarla via con voi!»

«È tutto a posto, Margot,» intervenne Lily. «Non è un problema. Andrò con lui.»

Entrambi i gruppi rumoreggiarono per la sorpresa. Sulla chiatta, Wulfgar sollevò un sopracciglio e i suoi uomini si scambiarono varie occhiate.

Sul molo, Margot si voltò di scatto verso di lei e la fissò. Le armature dei Difensori produssero un suono metallico quando le guardie fecero un rapido passo in avanti, come se volessero impedirle con la forza di partire.

Perché la guardavano tutti in quel modo? Corrugando la fronte per lo sforzo, cercò di fare mente locale, di tirare fuori il vago ricordo di ciò che era accaduto poco prima.

Qualcosa era stato detto, qualcosa tipo…

Qualcuno dovrebbe darvi una lezione.

Oh. L'aveva detto Margot.

In realtà non aveva *offerto* un intermediario al Lupo di Braugne. Era stata sarcastica, ma lui aveva colto al volo l'occasione e Lily vi si era trovata invischiata.

Beh, era imbarazzante.

Capitolo Due

LILY NON ERA brava a essere diplomatica, e forse aveva violato una mezza dozzina di protocolli, lanciandosi in mezzo a quella discussione.

A dir la verità, era un disastro in parecchie situazioni.

Con una smorfia, si premette la radice del naso e rivolse a Margot un sorriso imbarazzato.

Per l'amor del cielo, ma che combini? NON PUOI ANDARE CON LUI! le urlò Margot telepaticamente. Il suo viso mostrava una compostezza rigida, ma lo sguardo bruciava di paura.

Credo di doverlo fare, si scusò Lily.

Ti tirerò fuori da questo impiccio. Un lampo passò negli occhi di Margot. *Farò valere il mio potere di primo ministro e lo proibirò.*

No, Margot, credo davvero che dovrei seguirlo. Non riesco a leggerlo quando è circondato dai suoi uomini, e non c'è bisogno che ti spieghi quanto sia importante per noi capire quest'individuo.

Era una cosa vitale in effetti, non solo per l'Abbazia stessa, ma anche per coloro che in Calles facevano affidamento sul governo e la protezione dell'Abbazia.

Anche se era dispiaciuta di far preoccupare la sua amica, non si erano schierati fuori dalle mura solo per agire con prudenza. Margot doveva farsene una ragione.

La donna strinse i pugni e li premette sui fianchi,

sembrava volesse far esplodere la sua rabbia di nuovo, e invece quella volta restò in silenzio.

Voltandosi verso la chiatta, Lily guardò Wulfgar e prese un'altra decisione.

C'è un avvelenatore nel vostro gruppo, gli disse telepaticamente.

Gli occhi dell'uomo si spalancarono. Per la prima volta da quando era giunto sull'isola, il Lupo di Braugne sembrò davvero sorpreso.

Se Wulfgar fosse stato un amante delle scommesse, avrebbe puntato mille ducati d'oro sul fatto che si stesse svolgendo un rovente e rapido scambio di opinioni telepatico tra quella giovane, irruente donna col ruolo di primo ministro e la minuta sacerdotessa che aveva accettato di essere il suo intermediario con l'Abbazia di Camaeline.

Mentre si appoggiava alla mano di Jermaine per salire con cautela sulla chiatta, la giovane annuì un paio di volte, scosse la testa, fece una smorfia e alzò le spalle; tutto stava a indicare lo svolgersi di un dialogo silenzioso, anche se il suo viso appariva disteso e calmo.

Un angolo della bocca del Lupo si sollevò. Al di là del fatto che aveva ficcato il naso in cose che non la riguardavano, quella piccola sacerdotessa non era affatto brava a controllare la sua espressione. Il che poteva rivelarsi utile. Si aspettava di ottenere parecchie informazioni da lei.

Margot Givegny lo trapassò con un'occhiata dura. «Se le torcerai anche un solo capello, ti lancerò una maledizione che ti perseguiterà per il resto della vita.»

Il divertimento che Wulfgar stava provando svanì rapidamente come era arrivato. «Non aggredisco le donne, a meno che loro non lo facciano per prime.»

Il suo avvertimento era chiaro: pur guardandolo in cagnesco, Margot si trattenne dal minacciarlo oltre. Sulla chiatta intanto Jermaine stava aiutando la sacerdotessa a stare in equilibrio e, quando lei si sentì più stabile sulle gambe, rivolse al soldato un rapido sorriso sorprendente nella sua dolcezza.

Il Lupo attese finché Jermaine le lasciò andare la mano e l'imbarcazione iniziò il tortuoso viaggio di ritorno.

Chi è? le chiese allora con foga quando lei si voltò a guardarlo, facendo ricorso alla telepatia.

Non le aveva domandato come facesse a saperlo. Era risaputo che tutte le sacerdotesse di Camael fossero streghe.

La donna si guardò intorno con cautela. *Non ne sono sicura. È difficile dirlo con tutti voi che state così vicini, ciò che sono riuscita a cogliere era null'altro che un sussurro.*

Forse stava mentendo. Non lo escludeva. Forse il suo intento era quello di mettere zizzania tra lui e gli uomini che aveva scelto personalmente, il che poteva essere l'unica ragione per cui lei avesse accettato di seguirlo.

Ma se c'era davvero un avvelenatore in mezzo ai suoi, la cosa avrebbe potuto essere la risposta a molte domande. Ad esempio, poteva spiegare l'improvvisa dissenteria che aveva colpito le sue truppe e arenato i loro progressi fin quasi a fermarli, nonostante Wulfgar insistesse a mantenere condizioni sanitarie ottimali negli accampamenti.

Quando raggiungeremo il porto, li farò mettere tutti in fila, disse tristemente. *Potrete camminare accanto a me mentre li passo in rassegna e dirmi quello che scoprirete.*

Un inaspettato divertimento fece brillare gli occhi della sacerdotessa, che fece un sorrisetto. Come era accaduto la prima volta, anche quel sorriso trasformò i suoi lineamenti sottili in qualcosa di inaspettato, perfino spettacolare, e il maschio che c'era in Wulfgar si risvegliò per registrare la cosa.

Ho pochissima esperienza con i compiti di intermediario, ma sono abbastanza sicura che questo non vi rientri, ribatté lei. *Sono stata ben disposta ad avvertirvi, ma non sono una delle vostre streghe di cui potete disporre a piacimento. La vostra gente è un vostro problema.*

Vedremo, la voce calma di Wulfgar fece tornare la diffidenza sul viso di lei.

Per essere uno che non aveva mai avuto molto tempo per le streghe, i recenti eventi avevano complottato nel renderlo incredibilmente interessato a usare i loro servigi. Aveva solo bisogno di capire cosa voleva quella donna. Tutti volevano qualcosa, ed era sempre meglio usare un po' di gentilezza all'inizio se serviva a rendere più facili le cose in seguito.

Ma se la gentilezza, o in quel caso gli antichi manoscritti e l'oro, non avesse funzionato, avrebbe trovato un'altra soluzione.

Perché non si sarebbe arreso. Non avrebbe fallito. E non sarebbe tornato indietro.

Mentre la chiatta proseguiva nel suo breve viaggio verso la terraferma, il Lupo rinfoderò la spada, incrociò le braccia sul petto e si mise a studiare la nuova venuta in un corrucciato silenzio.

La donna non ne sembrava infastidita. Una cosa insolita. Stare sotto la pressione del suo sguardo dopo un po' distruggeva la compostezza di tanta gente.

Le persone con un carattere dominante diventavano aggressive. Le altre si spaventavano e diventavano ansiose. Quasi tutte, alla fine, rivelavano qualcosa di utile su di loro.

Lei, tuttavia, lo ignorava con apparente facilità.

Voltandosi in direzione della costa, la giovane lanciò furtive occhiate ai soldati che, già alti per un uomo normale, giganteggiavano sopra la sua minuta figura.

Wulf inarcò un sopracciglio in direzione di Jermaine che rispose con un sorriso storto. Un punto per lei per averlo colto di sorpresa prima, al molo dell'Abbazia. E un altro punto per riuscire a resistere alla forza dei suoi occhi puntati contro senza alcun segno di fatica o… di qualsiasi altra reazione che gli venisse in mente.

Una volta attraccati, Jermaine scese sul pontile ghiacciato con la stessa agile grazia di un uomo della metà dei suoi anni. Si voltò e porse nuovamente la mano alla sacerdotessa, che la accettò ringraziando con un rapido sorriso, e la aiutò a scendere dalla chiatta in tutta sicurezza.

Quando lei fu saldamente in piedi sul pontile, anche Wulfgar saltò giù. La sacerdotessa lo stava studiando e all'improvviso sbatté gli occhi, cambiando espressione. Qualcosa di lui aveva attirato la sua attenzione, finalmente, imponendosi lì dove il suo sguardo assassino, come Jermaine amava chiamarlo scherzando, non aveva avuto alcun effetto.

Cosa aveva notato? Il Lupo decise che si sarebbe divertito a indovinare cosa avesse provocato la sua reazione. E soprattutto si sarebbe divertito a capire come usare quell'informazione a proprio vantaggio.

Percorse a grandi passi la superficie ghiacciata del molo, dirigendosi verso la spiaggia. Come mise piede sul terreno, si fermò un attimo per osservare perplesso una collezione di aggeggi di metallo ricoperti di ghiaccio, che giacevano tra le sbarre di una lunga struttura in ferro.

Lo avevano incuriosito fin dal suo arrivo al porto. Ora c'era chi poteva dargli una spiegazione.

Quando la sacerdotessa si fermò accanto a lui, Wulfgar

indicò quegli oggetti. «A che servono quelle due ruote?»

Lei lo guardò sorpresa. «Quelle sono biciclette mio… signore? Mi dispiace, temo di non sapere che titolo usare.»

«*Comandante* può bastare,» rispose lui. «Cosa sono le biciclette?»

«Le biciclette sono un'invenzione della Terra, funzionano perfettamente qui a Ys. Dimenticavo, non ci sono passaggi interdimensionali a Braugne, vero?»

«No,» replicò bruscamente l'uomo. «Solo quelli che vivono vicino a un passaggio e ne raccolgono i benefici economici possono permettersi di dimenticarselo. Ma gli abitanti di Braugne se lo ricordano sempre. Il passaggio a noi più vicino si trova dall'altra parte del continente.»

La sacerdotessa spalancò gli occhi con un tale sgomento scioccato, che lui si sentì quasi come se l'avesse fisicamente colpita.

«Certo, avete ragione,» dichiarò lei. «Chiedo scusa. Non volevo offendervi. Quando ero una bambina, anch'io vivevo in una zona che non aveva alcun passaggio nelle vicinanze, perciò so cosa intendete.»

Un'insolita sensazione di rimorso punzecchiò la coscienza di Wulfgar. Irritato con se stesso, scrollò il capo. «Sono io che debbo scusarmi. Non volevate insinuare nulla con la vostra osservazione.»

«A ogni modo, siete nel giusto. Ci sono tre portali qui vicino. Due conducono in Francia e l'altro nel nord della Spagna, quindi Calles ha molte importazioni dalla Terra. Questo ha migliorato la nostra vita in molti modi.» La sacerdotessa si accostò alla macchina metallica più vicina e vi posò una mano sopra. «Prendete la bicicletta. Vi sedete qui, sul sellino, e mentre spingete questi due pedali con i piedi, potete dirigervi dove volete andare usando il manubrio.

Dovete imparare come stare in equilibrio, il che richiede un po' di pratica all'inizio.»

Lui la guardò attentamente durante tutta la spiegazione. Il viso della sacerdotessa si era acceso mentre parlava, ed eccolo lì di nuovo, quel qualcosa di inusuale, se non addirittura spettacolare.

«Cos'è che vi piace così tanto di queste macchine?»

Lei si illuminò ancora di più. «Grazie alla bicicletta, la gente può viaggiare più in fretta e può andare più lontano di quanto potrebbe fare a piedi, è anche meno dispendiosa di un cavallo. Non si ammala, e non ci si deve preoccupare del costo del cibo o di avere un campo abbastanza grande dove farla pascolare. Questa estate la Prescelta ha pagato il fabbro della città per fare delle biciclette per i contadini delle fattorie più povere. Così possono agganciarci un piccolo carro e portare i loro prodotti al mercato cittadino.»

Ah, già. La tranquilla città.

Ma a quello ci sarebbe arrivato presto.

«Perciò, avere una bicicletta migliora le loro vite.» Rifletté con attenzione su quelle macchine.

«Sì, e sono anche divertenti da usare una volta che ci si prende la mano. I bambini le adorano.» Guardò accigliata la strada sporca e ghiacciata che conduceva alla città. «Anche se non sono facili da guidare in inverno, e tutta Ys avrebbe bisogno di strade più adatte per i viaggi lunghi. Tuttavia, un po' alla volta, stiamo lavorando per rendere migliori le carreggiate intorno alla città.»

«Capisco.» Era evidente che non si era accorta di quanto avesse rivelato di se stessa, parlando di qualcosa che la appassionava tanto.

«Forse desiderate portare una bicicletta con voi a Braugne.»

«Forse.» Restìo a distruggere quel fragile contatto che avevano stabilito, non le disse che non aveva intenzione di tornare a Braugne molto presto.

Invece, si voltò verso Lionel. «Maggiore, organizza una sorveglianza sul molo e avvertimi immediatamente se c'è qualche movimento nell'Abbazia. Jermaine e Gordon, restate con me e la sacerdotessa. Il resto torni al campo,» ordinò.

«Sì, comandante,» rispose Lionel.

Una volta che due uomini furono messi di guardia, Wulfgar si voltò e colse la sacerdotessa intenta a studiarlo. Il vento gelido aveva colpito le sue guance, colorandole di una piacevole sfumatura rosa.

«Potete credere a ciò che sto per dirvi, risparmierà ai vostri uomini una grande fatica, considerando questo freddo intenso. Nessuno lascerà quell'isola finché sarete qui,» gli garantì lei.

«Forse avete ragione.» Lui studiò quel lembo di terra con occhio acuto. «Ma potrebbero cambiare idea. E i miei uomini non sono qui in villeggiatura.»

A quell'affermazione, l'espressione sul volto della sacerdotessa divenne amara, ma la giovane si limitò a fare un'alzata di spalle.

Forse, anche lei non voleva distruggere quel fragile legame. O forse non le importava.

Quale delle due fosse, lui non credeva che quel suggerimento nascondesse una trappola. Probabilmente era come diceva lei. La gente che aveva trovato rifugio sull'isola non avrebbe avuto bisogno di tornare sulla terraferma per le provviste.

In base ai resoconti che aveva letto, gli architetti che per primi costruirono l'Abbazia avevano fatto buon uso di ogni centimetro di terreno disponibile. Avevano giardini coltivabili, alberi da frutta, campi di cereali e acqua in abbondanza. Di sicuro c'erano anche animali d'allevamento, almeno polli e capre, e magari anche pecore.

L'isola era ben protetta, ed esistevano solo due entrate che permettevano di superare le mura della fortezza. La prima si trovava di fronte al molo che avevano appena lasciato, il quale era abbastanza grande per l'attracco di tre o quattro chiatte, ma troppo stretto per consentire a tutta la loro flotta di approdare. Tuttavia, in un rapporto che aveva esaminato, si parlava di un secondo pontile che si affacciava sul mare. Più piccolo e nascosto, era identico al molo principale in quasi ogni dettaglio, con una passerella larga quanto una mensola, resa ancora più scivolosa e pericolosa dalle onde del mare aperto, e una scalinata intagliata nella nuda roccia che portava a un pesante portone sbarrato.

Un ariete era del tutto inutile in una simile situazione, e anche nel caso in cui si potesse fare breccia in quella barriera, all'Abbazia bastava impiegare pochi combattenti per difendere la scalinata. Era in grado di bloccare un'invasione per un tempo molto lungo, mentre i nemici dovevano combattere contro lo spazio ristretto, quella mensola di legno e il mare stesso, insieme a tutto ciò che gli veniva scagliato contro dai soldati a difesa delle mura.

Lui e i suoi uomini potevano arrampicarsi su quelle rocce ripide e scalare la parete. Braugne era un territorio montuoso, impervio, e molti soldati imparavano a scalare ben prima d'aver raggiunto l'età adulta.

Ma quel genere di scalata era troppo difficile e troppo lenta per dare un qualsiasi vantaggio concreto in battaglia. Richiedeva martelli, chiodi e corde. L'Abbazia aveva alcuni punti ciechi sulle torri che guardavano il mare, ma lui non sarebbe riuscito a far salire abbastanza uomini sulle mura prima di essere bersagliati dall'alto con rocce o, peggio, con acqua o olio bollenti. Era inevitabile che finissero rovinosamente in mare.

Nel frattempo, l'Abbazia poteva sopravvivere per degli anni sotto assedio, molto più di qualsivoglia ostinato esercito.

In caso di attacco non c'era modo di accedere al mondo esterno, né ai preziosi portali o al resto del regno di Ys, e prima o poi quell'isolamento sarebbe diventato un problema. Tuttavia, la sola cosa che la rendeva davvero vulnerabile era il tradimento.

E l'unico modo in cui potevano essere conquistati era dall'interno.

Capitolo Tre

W ULFGAR SI VOLTÒ in direzione di Calles. Era giunto il momento di ispezionare quella silenziosa città.

«Venite,» le ordinò.

La sacerdotessa lo affiancò, Jermaine e Gordon li seguirono stando un passo indietro.

Mentre coprivano la breve distanza che li separava dalla città camminando, lei si sollevò il cappuccio sulla testa, ma non protestò di fronte alla sua insistenza di esplorare il posto con quel tempo inclemente. Il Lupo si scoprì ad apprezzare la sacerdotessa un poco di più.

Strinse le mani dietro la schiena e rallentò il suo lungo passo, adattandolo a quello di lei. «Qual è il vostro nome?»

«Lily.»

«Avete un titolo? A Braugne chiamiamo *mia signora* le sacerdotesse di Camaeline.»

«Mi è sempre sembrata una cosa eccessiva. Ero una trovatella, perciò non ci sono abituata. Vi prego, chiamatemi semplicemente Lily.»

Wulfgar percepì un sorriso nella voce di lei e, per un breve istante, desiderò allontanarle il cappuccio dal capo per vedere ancora quel meraviglioso "qualcosa" sul suo viso.

Seccato da quello sgradito impulso, disse: «Potevate non accettare di seguirmi. Potevate restare a scaldarvi al caldo fuoco dell'Abbazia. Il vostro primo ministro di certo lo voleva.»

«Margot è molto protettiva,» replicò lei mestamente.

«Eppure, quando ho espresso l'idea di un intermediario, non mi è sembrata contraria ad affiancarmi una sacerdotessa. Solo che non voleva foste voi.» La lasciò riflettere per un momento su quanto le aveva detto, approfittandone per osservarla con attenzione, decisamente interessato a come avrebbe risposto.

La donna fece un sospiro profondo, tanto intenso che lui poté sentirlo nonostante il rumore del vento. «Lei e io ci conosciamo fin da bambine. Da piccole, mi tormentava, ma ora che siamo cresciute, sembra che voglia fare ammenda per avermi imprigionata nella lana e chiusa in un baule.»

Il Lupo quasi sorrise. Era stata brava a sviare il discorso. Era accorta a ciò che diceva: confessare una piccola verità senza dire troppo.

«Siete diventate amiche,» concluse lui.

Lily rise. «È buffo, ma sì, con mia grande sorpresa, siamo diventate amiche.»

«Mi piace la vostra risata.» Anche se, con tono brusco, aveva detto la verità. La risata di quella donna era calda e contagiosa. Se fosse stata una cortigiana, gli sarebbe bastato sentirla ridere per decidere di pagare una notte con lei.

Quando la sbirciò da dietro il cappuccio, Wulfgar notò che nei suoi occhi era tornato il sospetto. «Grazie.»

Avevano raggiunto la strada principale della città: man mano che camminavano, lui studiava i negozi chiusi e le case buie. In alcune vetrine, vide dei prodotti di lusso.

Cioccolatini, saponi profumati e confezioni di prelibatezze da buongustai, tutta roba proveniente dalla Terra. Nella vetrina di un negozio in particolare, c'erano dei barattolini di caviale impilati in una piramide circondata da mazzi di rose, abilmente realizzate con del velluto cremisi.

Quando Wulfgar li vide, si ricordò di quell'unico assaggio che aveva assaporato in passato, il caviale deposto con un cucchiaino su un quadratino di pane piatto e salato chiamato cracker, e la sua bocca iniziò a salivare.

Gran parte della tecnologia terrestre non funzionava in quelle che loro chiamavano le Altre Terre, luoghi come Ys, dove la magia era predominante. Molte armi, motori a combustibile e cose simili, erano inutili, perfino pericolosi, ma per quel che aveva sperimentato, non c'era nulla di dannoso nel cibo.

«La maggior parte dei cittadini è sull'isola, dunque,» disse dopo aver superato alcuni isolati.

«Sì, comandante.» La giovane si fece improvvisamente efficiente. «Il consiglio cittadino ha sollecitato tutti ad andarsene, ma alcuni si sono rifiutati.»

«Chi è rimasto?»

«Ci sono due bordelli che si aspettano di guadagnare il denaro dei vostri uomini, insieme a un paio di locande rimaste aperte per quei viaggiatori desiderosi di un letto caldo e un tetto sulla testa, invece della dura vita di un accampamento in inverno.» Lily fece una pausa, poi aggiunse: «Il resto di noi spera solo che non abusiate delle donne, non razziate o saccheggiate i negozi, o requisiate le case della gente senza il loro permesso.»

Il Lupo di Braugne si fermò, improvvisamente furioso con la gente del posto rintanata sull'isola, con la loro dannata Prescelta che aveva deciso di giocare a rimpiattino invece di incontrarlo direttamente, e con tutto ciò che riguardava quella gelida giornata penosa.

Trattieni la tua rabbia, Wulf, intervenne Jermaine. *Non è colpa sua.*

Lui si voltò e fissò il soldato. Poi tornò indietro, al negozio con il caviale in vetrina, le sue lunghe gambe coprirono in un attimo la distanza. Si sfilò i guanti, tolse da una tasca alcuni arnesi e forzò il lucchetto sulla porta del negozio.

Lily lo aveva seguito, il corpo reso rigido dallo sdegno, ma non disse nulla quando lui spalancò la porta ed entrò nel locale buio.

Fermo sulla soglia, Jermaine sospirò. «Dovreste entrare anche voi, mia signora. Ci vorrà qualche minuto.»

«Il negozio non è aperto,» obiettò seccamente lei.

«No,» convenne il soldato. «Ma non siamo obbligati a restare qua fuori al vento, senza un motivo valido.»

Dopo un momento di esitazione, Lily entrò nel negozio, e Jermaine e Gordon la seguirono.

Wulfgar li ignorò. C'erano venti barattolini di caviale insieme a due diversi tipi di pane salato. Agguantò tutti i contenitori insieme e li buttò sul bancone.

Preferiva il pane salato fatto a Ys rispetto a quello della Terra che aveva provato in passato: ne afferrò diversi pacchetti e li lanciò accanto al caviale, poi scelse un paio di bottiglie di vino. Si era sempre chiesto che sapore avesse il cioccolato, perciò ne prese alcune tavolette, ma uno strano contenitore in metallo catturò la sua attenzione.

Lo sollevò e guardò perplesso l'etichetta, cercando di ripetere le strane parole che vi erano scritte in inglese. «Ch-ef Bouy...»

«Si chiama Chef Boyardee,» sbottò Lily. «Il negozio lo conserva appositamente per la Prescelta, che a volte ne ha una voglia matta.»

«D'accordo. Se va bene per lei, allora va bene anche per me.» Ne aggiunse una lattina al resto delle cose. «Gordon,

Jermaine, c'è qualcosa di questa roba che volete?»

«Non al momento, comandante. Forse dopo.» Gordon parlò educatamente mentre Jermaine si limitò a guardarlo con esasperazione.

«Perfetto.» Si rivolse a Gordon. «Calcola quanto costa tutto, e lascia il denaro nel barattolo di vetro dietro il bancone. Quando hai fatto, porta tutto nella mia tenda.»

«Sì, signore.»

Gordon si mise al lavoro e Wulf si voltò verso Lily, che lo fissava con gli occhi spalancati. La giovane aveva spinto indietro il cappuccio. La frizione della stoffa sul capo aveva mosso alcune ciocche di capelli neri, che ora le formavano una delicata aureola intorno alla testa.

«Non importa quanto tempo resterò accampato a Calles, i soldi dietro il bancone non saranno toccati da nessuno.» Con un certo sforzo lui riuscì a mantenere la sua voce calma, tuttavia emanava ancora una rabbia bruciante. «Il proprietario o la proprietaria del negozio ha potuto scegliere di stare sull'isola, ma probabilmente desidera comunque guadagnarsi da vivere. Se uno dei miei soldati vorrà comprare qualcosa, aggiungerà il proprio denaro al mio. Non ci sarà alcuna razzia. Sotto il mio comando la punizione per lo stupro è la morte. Da quando ho iniziato questa campagna militare, non ho mai dovuto eseguire una tale sentenza.»

«Capisco,» rispose la sacerdotessa con voce quieta.

«Già che ci siamo, non ho ucciso io il signore di Braugne. È stato qualcun altro.» Il suo sguardo bruciava di una collera profonda e ferma. «Non era solo il mio fratellastro, era il mio migliore amico, e io vendicherò la sua morte, anche se mi ci vorrà tutta la vita.»

Mentre parlava, il rossore aveva inondato le guance di

Lily. Chiaramente in difficoltà, lei aprì la bocca e poi la richiuse. Quando finalmente riuscì a dire qualcosa, la sua voce risultò sommessa. «Abbiamo sentito una versione diversa della storia.»

«So molto bene di quale versione si tratta,» sibilò Wulfgar. «Ho anche visto i corpi massacrati e abbandonati nelle case, i campi bruciati. Nessuna di quelle atrocità è stata commessa da me o dai miei uomini.»

«Mi dispiace per la vostra perdita.» Lily diede quella risposta in modo ancora più sommesso di prima.

Ma stavolta lui non permise al rimorso di interferire. «Ora, se abbiamo finito, ho altre cose di cui occuparmi.» Si girò verso Gordon. «Portala al campo con te.»

«Sì, comandante.»

LILY DECISE DI non sentirsi offesa per essere stata condotta all'accampamento insieme al cibo comprato dal comandante, come se anche lei fosse un altro dei suoi acquisti. Aveva già causato abbastanza problemi in un solo pomeriggio.

Rifugiandosi nella sicurezza del suo cappuccio, camminò fino al campo accanto a Gordon. Il soldato era taciturno e lei non tentò di rompere il silenzio.

La verità aveva risuonato in ogni parola appassionata pronunciata dal Lupo. Non avrebbe dovuto forzare la porta del negozio, ma lei sospettava che l'avesse fatto soprattutto perché aveva perso la calma. Quando l'aveva congedata, lui e Jermaine si erano diretti verso la locanda più vicina, dove luci dorate baluginavano da dietro le finestre, brillando luminose nel giorno cupo e gelido.

Lily si morse un labbro. Cosa stavano facendo? E perché l'aveva mandata avanti, al campo, invece di tenerla con sé?

Forse si stavano procurando delle stanze per la notte. Forse stavano pagando delle donne, e la sua presenza sarebbe stata, come dire, ingombrante.

A quel pensiero, Lily cambiò espressione. Dopotutto, era meglio non essere stata presente. Che gli dèi l'aiutassero, ma ogni volta che apriva bocca, rischiava di farsi sfuggire cose che non doveva dire. La cosa migliore che poteva fare era evitare qualsiasi situazione che potesse provocare un gran mal di testa a tutti.

Vari falò punteggiavano il panorama dell'accampamento, le cui tende coprivano il territorio dalla valle fino al limitare della foresta. Era una visione che faceva riflettere. Dovevano esserci migliaia di soldati. Non vide alcuna mandria, cosa che lì per lì la confuse, ma quando sentì un nitrito provenire dagli alberi, capì che stavano usando la foresta come riparo naturale dal vento per gli animali.

Tra le fila ordinate, la tenda del comandante era inconfondibile: più larga delle altre e con due guardie ai lati dell'entrata. Esaminò rapidamente l'acquartieramento, ma non trovò alcun segno della magia dei tempestari che si era placata poco prima.

Giunti all'alloggio del comandante, Gordon scostò un lembo di tessuto che costituiva l'entrata della tenda e le fece segno di precederlo. Allo stesso tempo a disagio e affascinata, Lily entrò e scoprì una piacevole sorpresa.

L'interno era pieno di luce e calore. Per terra erano stati disposti dei tappeti spessi, e lungo le pareti erano appesi drappi di lana che riparavano dal freddo esterno. Dei bracieri accesi scaldavano l'ambiente e fornivano luce.

In una parte della tenda erano state disposte delle sedie, ricavate da pelli fissate a strutture di legno, ottenendo una sorta di "zona salotto". Il lato opposto, invece, era dominato da un tavolo formato da assi posate su blocchi di legno. Sopra vi erano sparpagliati alcuni documenti e delle mappe.

Se si escludevano i colori dei tessuti usati per i tappeti e i drappi, tutto il resto era molto semplice, ma nel suo insieme l'interno era molto più confortevole di quanto Lily si aspettasse e molto meno intimo di quanto temesse. Un telo di lana divideva la tenda in due aree. Era stato legato, rendendo visibile il lato di un letto accuratamente rifatto.

Dentro di sé, Lily sentì crescere l'agitazione e si tolse il mantello. Gordon posò a terra la sacca con gli acquisti e dispose tutto il contenuto con precisione su un lato del tavolo. Lei gli gironzolò intorno.

Le mappe e i documenti la incuriosivano. Avrebbe voluto leggerli, ma Gordon si era piazzato vicino all'entrata della tenda e la osservava attentamente con faccia impassibile.

La sua psiche invece raccontava tutta un'altra storia. Quando lei gli rivolse un sorriso educato, l'ombra scura sopra la sua testa la squadrò con inconfondibile ostilità.

A volte, con certe persone era impossibile diventare amici. Lily aveva imparato già da molto tempo come mascherare le sue reazioni alla psiche delle persone intorno a lei… nella maggior parte dei casi.

«Il comandante ha qualcosa che potrei leggere mentre aspetto?» gli chiese.

Dopo un momento, il soldato annuì in direzione di una pila di libri posati su uno sgabello di legno accanto a una delle sedie nella "zona salotto". Li raggiunse con passo lento e diede un'occhiata ai titoli.

Uno dei volumi parlava dell'Abbazia di Camaeline. Altri contenevano le biografie di tutte coloro che erano state la

Prescelta. Il Lupo di Braugne aveva studiato prima di mettersi in marcia.

Sfogliando le pagine delle biografie, vide che l'ultima scritta in ordine cronologico era quella di Raella Fleurise e non faceva menzione della nuova Prescelta. Non ne era sorpresa. La data riportata all'inizio del libro indicava che era stato scritto prima della morte di Raella, avvenuta in primavera.

Lacrime inaspettate punsero gli occhi di Lily. Raella era anziana quando era morta pacificamente per cause naturali, con suo marito e la sua famiglia vicino. Non c'era morte migliore, ma per molti aspetti, Raella era stata la madre che Lily non aveva mai avuto, e sapeva che avrebbe sentito la sua mancanza per il resto della vita.

Chiuse il libro e lo rimise sulla pila, con gli altri volumi. Poi scelse una sedia a caso, si accomodò e si preparò ad aspettare che il comandante concludesse i suoi impegni in città.

Non ci avrebbe messo molto.

Lily aveva slacciato le cinghie della giacca imbottita ed era scivolata in un sonno leggero quando udì delle voci provenire dall'esterno. Si svegliò di soprassalto mentre un lembo della tenda si alzava, facendo entrare un fiotto d'aria fredda insieme al Lupo. Jermaine lo seguiva a ruota.

Subito, l'interno spazioso della tenda divenne molto più piccolo, troppo piccolo in realtà, e molto più intimo di quanto lo fosse poco prima. Lily si ridestò del tutto e Wulfgar colse ogni dettaglio con il suo sguardo acuto, la posizione di lei accanto a uno dei bracieri, la presenza impassibile di Gordon, la pila ordinata di cibo acquistato nel negozio.

Quando lui si soffermò sulle mappe e sui documenti

all'altro capo del tavolo, Lily non resistette alla tentazione.

«La curiosità è un peccato,» disse con tono innocente. «Ovviamente volevo leggerli tutti.»

Gli occhi neri dell'uomo scattarono di nuovo su di lei, e poi lui rise. Lily non era certa di chi tra loro due fosse più sorpreso della cosa.

Sorridendo, Jermaine raccolse i documenti e arrotolò le mappe. Wulfgar si slacciò la cintura cui era appesa la spada e posò tutto sul tavolo. Gordon si occupò di mantello, corazza e guanti, poi il comandante gli ordinò: «Portaci del vino speziato.»

«Sì, signore.» Il soldato piegò la testa in segno d'obbedienza e uscì, seguito da Jermaine.

Con nessun altro presente a smorzare l'impatto della personalità di quell'uomo, la tenda sembrò restringersi ancora di più.

Sotto la corazza indossava una giacca di pelle imbottita, chiusa da delle fibbie che slacciò avvicinandosi al braciere accanto a lei. Si tolse la giacca e la lanciò su una sedia; la giovane vide che indossava una casacca di lino nero, aperta sulla pelle abbronzata del collo possente.

Il Potere attraversò l'aria. Era il potere della sua personalità, il Potere della dea.

Lily lottò contro l'urgenza di fuggire via, combatté per restare salda e affrontarlo.

La sua psiche… la sua psiche era come l'ombra di un lupo, enorme e rannicchiato come fosse pronto ad attaccare, concentrato solo su di lei.

Non poteva sbagliarsi: aveva di fronte uno dei due uomini che aveva visto nelle sue visioni negli ultimi anni. Sapeva da tempo che sarebbe giunto a Calles, ma ora che era lì, lei si sentiva totalmente impreparata ad agire.

Avvicinando le mani piene di cicatrici ai carboni accesi nel braciere, Wulfgar disse in tono abbastanza amabile: «Presumo abbiate valutato l'accampamento. È una delle ragioni per cui avete accettato di seguirmi, no?»

«Esatto e, sì, ho valutato,» rispose lei con cautela.

«Avete scoperto ciò che volevate sapere?»

«Non ne sono ancora sicura,» ammise Lily. «All'Abbazia abbiamo moltissime informazioni diverse, e non capisco come farle combaciare.»

Lui si voltò per guardarla in faccia. Si trattò solo di un piccolo cambiamento nella postura, ma i sottili capelli dietro la nuca di lei si drizzarono in risposta.

«Non ho percepito la presenza di alcun tempestario nel vostro campo,» aggiunse Lily, forse poco saggiamente.

Il destino era come un fiume dorato, che trascinava tutti quanti verso sponde sconosciute. Le visioni si accalcarono ai margini del suo sguardo finché lei non seppe più cosa fosse giusto dire o fare.

Margot aveva ragione a essere terrorizzata all'idea di lasciarla andare via dall'Abbazia. Lily non era in grado di andare in alcun luogo da sola.

Lui strinse la sua bocca dura. «Questo perché non ce ne sono. Credevate veramente che ci fossi io dietro questo intensificarsi dell'inverno?»

Costringendosi a restare ancorata alla realtà, Lily sollevò una spalla. «Cerco di considerare le cose dal vostro punto di vista. Conoscete le cose terribili che si dicono sul vostro esercito incombente. Una forza d'invasione che può bruciare campi e fattorie e giustiziare le persone può anche usare il clima come arma per sottomettere la popolazione.»

Wulfgar scosse la testa con un grugnito. «Una simile decisione avrebbe danneggiato le mie truppe tanto quanto ogni altra persona attorno a me. Nessun generale sano di mente inizierebbe una campagna militare nel pieno dell'inverno, figuriamoci ora che è diventato freddissimo nonostante siamo agli inizi della stagione, ed è proprio il gelo ciò che dovremo affrontare se questi tempestari non saranno fermati. Stanno cercando di bloccarmi.»

Mentre lo ascoltava, Lily si premeva le nocche delle mani sul labbro inferiore. Ciò che quell'uomo stava dicendo aveva innegabilmente senso. «Avete delle streghe nel vostro esercito?»

«Nessuna con le capacità delle sacerdotesse di Camaeline,» ringhiò il Lupo. «Perché credete che sia venuto qui, portando in dono manoscritti e oro? Se fosse mia abitudine regalare delle fortune a tutti quelli che incontro, non mi resterebbe niente per pagare i soldati. Le mie streghe hanno cercato di respingere gli attacchi climatici al meglio delle loro possibilità, ma sono troppo poche. Sono esauste, e siamo ancora accampati all'aperto.»

La pelle sottile intorno agli occhi di Lily si increspò quando lei trasalì. «Avete bisogno di un rifugio.»

«Sì. Perciò sono rimasto in città. Ho incontrato i proprietari delle locande e i tenutari dei bordelli per negoziare degli accordi, così che i miei soldati possano stare là al riparo a rotazione. Domani Jermaine e io andremo a caccia dell'avvelenatore che stava tra i soldati sulla chiatta questo pomeriggio. Voglio anche negoziare con i cittadini di Calles per affittare le loro case. Potete portare i dettagli della mia offerta all'Abbazia domattina.»

La sacerdotessa si accigliò. «Posso tentare.»

Wulfgar divenne impaziente. «Visto che si nascondono sull'isola, non c'è ragione per cui nel frattempo non possano guadagnare bene. Il mio oro vale quanto quello di ogni altro uomo.»

«Avete in parte ragione, ma la situazione riguarda ben altro che l'ottenere il consenso dei cittadini a darvi in affitto le loro case.» Lily si premette il ponte del naso con due dita e cercò di analizzare il problema come avrebbe fatto Margot. «Comprendo la vostra posizione, ma avrebbe lo stesso effetto della Prescelta che accetta i vostri regali. C'è la politica di mezzo, verrebbe considerato come se vi appoggiasse. Calles invece dovrebbe dichiararsi neutrale.»

«Calles dovrà scegliere da che parte stare,» rispose lui senza mezzi termini. «Guerlan o Braugne. Non c'è altro modo.»

Mentre l'uomo parlava, Lily sentì il respiro di lui correrle lungo la pelle, come se l'avesse sfiorata il mantello di qualcuno che le camminava accanto, e lei seppe che la dea era vicina.

Il Lupo aveva ragione, ovviamente. Fin da quando era bambina, sapeva che sarebbe successo.

Come la sabbia e i sassi scivolavano sulla spiaggia mossi dalle onde, le visioni erano cambiate nel corso degli anni, ma nell'ultimo periodo si erano stabilizzate su due scenari.

Un inverno aspro dopo un magro raccolto. Il regno di Ys percorso da continui disordini.

Un'oscurità sempre più nera sopra la terra, come se il sole stesse per spegnersi. Il clangore delle spade.

Due uomini, un lupo e una tigre, che si scontravano in un combattimento mortale. Uno di loro aveva una fame insaziabile, in grado di distruggere Ys fino a renderla polvere.

E la caduta di Calles. Anche se la visione cambiava, quella parte rimaneva sempre uguale.

«No,» bisbigliò Lily, il cuore che le faceva male. «Non

potremo rimanere neutrali, vero? Anche se lo desiderassimo.»

«Sembra che abbiate visto un fantasma.»

Lei scacciò quelle immagini e mascherò le sue emozioni con un sorriso. «Niente fantasmi, solo un futuro dalla direzione incerta.»

Wulfgar la guardava con occhi penetranti, facendola sentire a disagio. Poi, di proposito, sdrammatizzò. «Il futuro dovrà aspettare qualche ora. Non ho pranzato e sono affamato.»

Si voltò, raggiunse il tavolo, prese un barattolino di caviale e ne ruotò il coperchio, aprendolo. Prese del pane salato, estrasse il coltello che portava legato in vita, spalmò un po' di caviale sul cracker e se lo infilò tutto in bocca. Chiuse leggermente gli occhi e masticò: il piacere che quel cibo gli dava era palese nei suoi lineamenti forti.

Guardarlo mangiare quella prelibatezza con tale voluttà sensuale fece formicolare la pelle di Lily. Era… erotico. Al significato di quella parola lei si sentì percorrere da un intenso calore.

«Avete mai assaggiato il caviale?» le chiese.

«No.» La giovane guardò il fuoco nel braciere. «Non ho provato molte delle cose di quel negozio. Farle arrivare dalla Terra è costoso.»

Una delle grandi mani di Wulfgar le apparve davanti agli occhi, porgendole un cracker carico di caviale. «Provate.»

Fu colta alla sprovvista. Lo sguardo di Lily volò al viso dell'uomo. «Oh… grazie! Ma non dovrei.»

Lui si accigliò. «Non siate ridicola. Prendetelo.»

«Io…» Vedendo che il suo cipiglio aumentava, la protesta le morì in gola. Prese la sottile sfoglia dalle lunghe dita del Lupo e, incuriosita, diede un piccolo morso. Un gusto salmastro e frammenti di pane salato le riempirono la bocca.

Un lampo di divertimento brillò negli occhi neri di Wulfgar. «Avete un viso espressivo, ma non posso leggere cosa dice in questo momento. Cosa ne pensate?»

Lily deglutì prima di parlare. «Onestamente, non ne sono sicura. Non sono molto abituata al sapore del pesce. È interessante. Intenso.»

«È favoloso. Prendetene ancora. No? Allora provate il cioccolato.» Prima che lei potesse protestare, Wulfgar strappò via la carta di una delle barrette, spezzò il cioccolato e gliene offrì un pezzo. Come vide l'esitazione di Lily, lui la smascherò. «Avete già mangiato il cioccolato prima, e vi è piaciuto.»

«Lo adoro,» ammise la giovane con un piccolo lamento.

Era tormentata dall'indecisione. Era appropriato da parte sua accettare? Non che lei fosse particolarmente affidabile nello stabilire cosa fosse appropriato, anche in circostanze migliori.

E poi, poteva sentire l'odore del cioccolato. Un profumo paradisiaco.

«Per l'amor del cielo, donna. Qual è il problema? Se vi piace, perché vi trattenete? È solo cibo, non oro e manoscritti.» Wulfgar ne prese un pezzo e la tormentò, spingendoglielo tra le labbra.

Scioccata da quella improvvisa intrusione nel suo spazio personale, sentì la bocca aprirsi e la lingua incontrare la dolcezza del cioccolato. Era una situazione assurda. Ora non poteva certo sputarlo. Quindi lo leccò.

Quando i loro sguardi si incontrarono, Lily scoppiò a ridere, e chiuse le mani a coppa sotto il mento per evitare di far cadere a terra il pezzo di cioccolato.

Wulfgar sorrise. Sopra la sua testa, anche il lupo sorrise.

Lily sentì un fiotto di aria gelida arrivarle da dietro, e si voltò insieme al comandante.

Gordon era entrato, portando un vassoio con due calici e una brocca di peltro. La sua faccia era impassibile come sempre, ma quando vide le loro espressioni sorridenti, la sua psiche divenne più tagliente, più oscura. Quando le porse uno dei calici, la psiche di Gordon ringhiò contro di lei.

Facendo molta attenzione, Lily si impose di non reagire. Mentre prendeva il calice, esaminò l'uomo e la bevanda che trasportava.

Che fosse Gordon l'avvelenatore che aveva percepito al molo?

Capitolo Quattro

N O, LILY "SENTIVA" che il suo vino era abbastanza sicuro da poter essere bevuto, inoltre quell'uomo era troppo onesto per usare il veleno. Ne era più che sicura. Se Gordon avesse avuto intenzione di uccidere qualcuno, l'avrebbe sgozzato. O pugnalato al cuore.

Il veleno richiedeva pazienza e furtività, nervi d'acciaio e l'abilità di mentire, o almeno di sviare l'attenzione di qualcuno con il senso per la verità quando si è sotto pressione.

«Grazie,» gli disse Lily, accettando il vino.

Gordon le rivolse un breve cenno di assenso e allungò a Wulfgar l'altro calice, poi mise la brocca sul tavolo. «È tutto, mio signore?»

«No, dovresti ordinare una rapida cena,» rispose il suo comandante. «Di' a Jada di portare due piatti, uno per la sacerdotessa e uno per me. Voglio anche che prepari un alloggio per la sacerdotessa. Dopo che avremo mangiato, la sistemeremo per la notte. Voglio che stia vicino a me.»

Ancora una volta, il Lupo stava disponendo di lei come se fosse una sua proprietà. Corrucciata, stava per dire la sua, ma Gordon la precedette.

«Debbo preparare la mia tenda?» domandò il soldato. «Essendo vicina alla vostra, per le guardie sarà facile controllare entrambi. Posso crearmi un giaciglio qui, se lo ritenete opportuno. O, se lo preferite, sono certo che Jermaine sarà d'accordo a farmi spazio nella sua tenda. Ma dovrete mandarmi a chiamare se vorrete qualcosa.»

«Dormi pure nella tenda con Jermaine,» decise Wulfgar. «Quando arriverà la cena, non avrò più bisogno dei tuoi servigi fino a domattina. Assicurati di aggiungere un braciere e molta legna alla tua tenda. E aggiungi anche delle coperte in più al letto.»

«Molto bene, signore.» Gordon chinò di nuovo il capo e uscì.

Risucchiando l'aria tra i denti, Lily contemplò il contenuto del suo calice. Quando Wulfgar si voltò a guardarla, lei poté sentire la sua attenzione come fosse stata toccata fisicamente.

«Che significa quella faccia?» Sembrava divertito.

Lily prese un sorso di vino, più per guadagnare tempo che per un vero desiderio di bere. Sapeva cosa avrebbe fatto Margot: la sua amica avrebbe fumato di rabbia per quel trattamento autoritario e avrebbe iniziato un altro litigio, ma a lei non sembrava una scelta fruttuosa.

Il vino caldo le rilasciò un'esplosione di sapori speziati sulla lingua; distinse la cannella, i chiodi di garofano e l'arancia. Dopo averlo mandato giù, rispose con diplomazia: «Non sono abituata a vedere persone che in mia presenza parlano di me come se io non ci fossi, o che decidono di me come fossi un… un baule pieno di libri. Ma non sono neppure abituata a fare l'intermediario per qualcuno, perciò…»

«Avete ragione. La prossima volta vi includerò nella discussione.» Wulfgar si sedette, le lunghe gambe distese, e bevve il suo vino. «Come vedete il vostro ruolo?»

Lei alzò le spalle. «Non sono una servitrice, ma non

sono neppure una vera ambasciatrice. Io… Noi… Margot mi ha detto di comportarmi normalmente e di spiegarvi tutto ciò che desiderate sapere.»

«E di valutare il mio accampamento. Di valutare me.» La stava fissando con occhi penetranti. La giovane si sentì come se fossero tornati di nuovo sul molo, come se lui stesse cogliendo ogni dettaglio di lei, vedendo anche più di ciò che lei voleva mostrargli. Quel pensiero le mandò il viso in fiamme.

«Sì,» ammise Lily.

«Allora… valutatemi.» Le indicò la sedia vuota di fronte a lui. «Cosa vedete?»

Spostandosi per prendere posto, iniziò a studiarlo. La casacca di lino nero rivelava la linea forte e decisa della sua gola e i suoi magnifici pettorali. Anche in quella posa rilassata dominava lo spazio intorno a sé, la punta dei suoi stivali quasi raggiungeva quelli di lei. I capelli neri gli ricadevano sulla fronte, donando al suo viso duro un che di fanciullesco.

No, quella non era la parola giusta. Non c'era nulla di fanciullesco in quell'uomo pericoloso, seduto così rilassato davanti a lei.

Un furfante. Quella era la parola. I capelli scompigliati sembravano aver cancellato la disciplina che aveva mostrato fino a quel momento. Il Lupo la trovava divertente.

«Portate su di voi un grosso carico di rabbia, e siete spinto dal desiderio di compiere ciò che avete deciso di fare,» disse Lily. «Non potevate aspettare fino alla primavera, dovevate agire immediatamente. Non tornerete indietro, né vi farete da parte. Ma avete anche autocontrollo e, nonostante la vostra ira, pensate al benessere dei vostri uomini. Dal poco che ho visto, avete un codice che siete determinato a rispettare sempre, o quando vi è possibile. Non vi conosco abbastanza per sapere cosa potrebbe esserne di quel codice quando siete minacciato.»

Man mano che Lily parlava, il bagliore malizioso negli occhi di Wulfgar si spense, e lei si zittì, improvvisamente dubbiosa. Forse lo aveva letto male. Forse non voleva davvero sentire cosa lei pensasse. Ma, se era così, perché glielo aveva chiesto?

Desiderò scomparire. Non era *mai* stata brava nei rapporti sociali.

«Non vi fermate.» Wulfgar ingoiò d'un fiato il resto del vino nel suo calice. «Avete appena iniziato.»

Quello significava che voleva davvero sentire il resto. Giusto?

Mordendosi un labbro, lei continuò. «Sfruttate ogni opportunità che vi capita e pensate sempre a come volgere le cose a vostro vantaggio. Siete uno stratega. Non sono brava con le strategie, perciò non giocherei con voi a scacchi visto che siete sempre quattro mosse avanti. Le vostre parole dicono il vero quando sostenete di non aver ucciso il signore di Braugne. Non avete detto chi credete lo abbia fatto, ma è ovvio che vedete nel re di Guerlan il vostro nemico, quindi basta fare due più due. Tuttavia questa campagna militare è molto più che una vendetta per la morte del vostro signore. Avete l'anima del conquistatore.» Lily esitò, ma poi si costrinse a dire tutto. «Non credo che vi fermerete finché non avrete posto Ys sotto le vostre leggi.»

Quando finì di parlare, lui la guardò con lo stesso sguardo duro e feroce che aveva sulla chiatta. Imprevedibile. Inflessibile. La psiche a forma di lupo la guardava allo stesso modo, tesa, come se fosse pronta a balzare sulla preda.

«Non me lo aspettavo,» disse il Lupo di Braugne con

voce bassa e regolare.

✧　✧　✧

WULF GUARDÒ LILY mordersi un labbro.

Era una vera prelibatezza: il viso lungo, le forme slanciate e la pelle sottile, i capelli che scappavano dalla prigionia della pettinatura e le ricadevano sulle spalle in una lucente cascata setosa. Le sue dita affusolate vagavano sul bordo del calice, e la luce proveniente dal fuoco nel braciere creava un tenue gioco d'ombre sulla sua gola quando deglutiva.

Nella vita aveva conosciuto, e apprezzato, molte belle donne, ma Lily era molto più che semplicemente bella.

Era affascinante.

A differenza delle signore eleganti che proteggevano la loro pelle, aveva ancora un po' dell'abbronzatura estiva, che però non gli impediva di vedere ogni sfumatura di rossore che le colorava le guance a tradimento.

«È troppo?» gli domandò lei con sarcasmo.

«Affatto. A essere onesto, non credevo aveste simili capacità.» Wulfgar posò il calice accanto a sé. «Inizio a capire perché il vostro primo ministro ha acconsentito a farvi venire con me.»

Chi non poteva vederla da vicino come lui in quel momento, non avrebbe notato come si fosse bloccata a quell'affermazione.

Ma lui se ne accorse, e attese per qualsiasi ammissione lei trovasse opportuno fare.

La giovane inclinò il viso verso la bevanda, prese un altro sorso di vino e gli chiese: «Cosa intendete dire?»

Wulfgar represse un sorriso. Lily usava quel calice grosso e ingombrante come potesse davvero nascondervisi dietro.

L'ingenuità di quel tentativo era divertente. Dopo tutte quelle acute osservazioni che aveva appena fatto, avrebbe dovuto capire che niente poteva nasconderla a lui, soprattutto non ora che aveva concentrato la sua attenzione su di lei.

«Potrete essere maldestra a socializzare, ma rimediate in perspicacia,» le rispose. Wulfgar fece una breve pausa, poi passò volutamente a un argomento più leggero. «Credo droveste mangiare più cioccolato.»

Lily si sedette dritta, spalancò gli occhi, e il ricordo delle loro risate fece brillare di nuovo sul suo viso quel meraviglioso qualcosa. «No, grazie. I-Io sono sicura che non dovrei… probabilmente non avrei dovuto mangiare quel pezzetto prima, anche se me lo avete ficcato in bocca, ma cosa avrei dovuto fare? Sputarlo sui vostri tappeti sarebbe stato uno spreco.»

«Potrei farlo di nuovo,» le disse, abbassando la voce fino a farla diventare quasi un sussurro. «Potrei premerne un po' tra le vostre labbra, e cosa fareste?»

Lily incrociò i suoi occhi: l'espressione sul volto della giovane era un delizioso mix di rifiuto scandalizzato, desiderio disperato e voglia di ridere che tentava di soffocare ma guizzava comunque, come una di quelle farfalle bianche sbattute da un vento capriccioso.

Un legame invisibile vibrò tra loro, potente e innegabile.

Wulfgar aveva voluto stuzzicarla. Non si aspettava di trovare sensuale quella donna minuta e goffa.

Muovendosi piano per non spaventarla, si alzò dalla sedia e, sempre con voce bassa, le domandò: «Debbo dirvi cosa vedo io di voi?»

L'accenno di risata svanì dal viso della sacerdotessa.

«Non credo che sarebbe un uso proficuo del nostro tempo insieme, comandante.»

Lui si sentì quasi dispiaciuto nel vedere quel cambiamento. Quasi, visto che la costernazione che lei mostrava era anche più deliziosa di tutto il resto.

Ma il tentativo della donna di tornare a essere formale lo irritò. «Non chiamatemi comandante. Chiamatemi Wulf.» Afferrò la barretta di cioccolato già aperta sul tavolo e tornò da Lily. «Secondo voi, cosa renderebbe produttivo il nostro tempo insieme?»

«Dovremmo continuare a parlare di Calles, e Braugne, e quale potrebbe essere il modo migliore p-per… per…» Quando lui si chinò davanti a lei, la giovane si tirò indietro sulla sedia, le pupille dilatate, lo sguardo che saltava dal viso del Lupo al cioccolato che teneva in mano. Wulfgar le tolse il calice dalle mani e lo posò al lato della sedia.

«Per cosa, Lily?» volle sapere, mentre staccava un pezzo di cioccolato dalla barretta. «Per rafforzare le relazioni tra noi?»

Di nuovo quello stuzzicante rossore eruppe sotto la pelle delicata di Lily, e lei lo rimproverò. «Non dovreste essere co-così…»

«Così come, Lily?» Wulfgar si chinò verso di lei, la provocò strofinando il cioccolato sulla rotondità del suo labbro inferiore e sussurrò: «Credo tu debba sapere cosa ho intenzione di fare. Dimmi di sì oppure di no.»

Guardandola intensamente negli occhi, capì che lei si stava chiedendo se stesse parlando ancora del cioccolato. Lily aprì un poco la bocca, le delicate e belle labbra tremarono sul punto di dare una risposta.

In quel momento, lui si sentì attraversare da un desiderio tagliente come una spada. Le fece scivolare il cioccolato tra le labbra, fino ad accarezzarle la lingua. Lily esitò, poi chiuse la bocca su quel pezzetto di cibo dolce e succhiò.

Wulfgar fece un respiro profondo, calmo, mentre il suo membro si irrigidiva. Oh, sì. Ora avevano dato il via a una conversazione completamente diversa.

L'entrata della tenda venne aperta da un uomo alto e magro, avvolto in un mantello, che scostò il telo per farsi strada all'interno. Era Jada, con il vassoio della cena.

A quella intrusione, Lily sobbalzò all'indietro scostandosi da Wulf e ripulendosi la bocca col dorso della mano. Con un movimento fluido, lui si alzò dalla sua posizione inginocchiata. Un militare esperto sapeva quando insistere e quando ritirarsi.

Jada si era bloccato a metà strada. Spostò rapidamente lo sguardo da Lily a Wulf, poi al vassoio carico che teneva in equilibrio con le mani.

«Per gli dèi, Jada!» sbottò il Lupo. «Non restare lì impalato, con la tenda aperta. Entra!»

«Subito, mio signore!» L'uomo scattò in avanti e l'entrata si richiuse dietro di lui, bloccando fuori il terribile freddo esterno. «Lascio qui la cena e me ne vado.»

Wulf lanciò un'occhiata a Lily. Lei aveva afferrato un libro e ne stava studiando il contenuto molto attentamente, ma non era riuscita a evitare di diventare rossa come un papavero. Il Lupo trattenne l'impulso improvviso di ridere.

Non riusciva a ricordare l'ultima volta che aveva desiderato una donna tanto quanto desiderava quella che aveva di fronte, o l'ultima volta che si era divertito tanto.

Non abbiamo finito con la nostra discussione, le disse telepaticamente, con voce vellutata e allusiva.

Lily chiuse il libro di scatto e ne aprì un altro. *Non so di cosa stiate parlando, comandante.*

Non "comandante". Wulf, precisò lui.

Oh, va bene. Wulf! Non avrei dovuto mangiare quel secondo pezzo di cioccolato. Probabilmente andrò all'inferno per questo.

Che stai dicendo? Voleva ridere. *Cos'è questo inferno di cui parli, e perché dovresti andarci per aver mangiato del cioccolato?*

Lei incurvò le spalle. *Le religioni delle Antiche Razze non hanno un vero e proprio inferno, no? È un concetto che viene dalla Terra. È lì che si va quando si è molto cattivi.*

E dov'è che saresti stata molto cattiva? Anche con il cioccolato c'è di mezzo la politica? Le chiese. *Mangiarlo è considerato come un segno di appoggio nei miei confronti? Ma ogni prova della trasgressione si è sciolta con il cioccolato.* Lui non poté resistere e le si avvicinò.

Anche se Lily non sollevò mai gli occhi dal libro, il suo respiro accelerò quando Wulf si fece più vicino. La giovane era consapevole di lui, esattamente come lui di lei.

La raggiunse da dietro le spalle e si piegò su di lei per sussurrarle all'orecchio: «Rilassati. Ti do la mia parola, nessuno verrà mai a sapere ciò che accade in questa tenda.»

Wulf osservò il profilo della sacerdotessa nella luce dorata, il modo in cui si leccava le labbra, l'ombra irregolare proiettata dalla curva delle ciglia nere sulle guance. Lei lo guardò con la coda degli occhi, e quasi la prese tra le braccia, proprio lì, incurante del servitore dietro di loro che stava mettendo i piatti sul tavolo.

Il Lupo di Braugne non aveva tempo per quello. Per lei.

L'assassino di suo fratello sedeva sul trono di Guerlan. I tempestari erano costantemente all'opera per intimorire il suo esercito, e poi aveva delle ambizioni. Sì, per gli dèi, Lily aveva ragione. Lui aveva delle ambizioni.

Quella donna non rientrava in nessuno dei suoi piani o

obiettivi. Tuttavia non resisteva alla tentazione di flirtare, anche se solo per un momento, di condividere del calore in una notte d'inverno tanto gelida, di sorridere agli infiniti modi con cui lei riusciva a essere così sincera e a sorprenderlo comunque.

Di scoprire il sapore della sua bocca, la sensazione del corpo di lei contro il suo.

In quella breve intimità creata dalla sua figura imponente posta tra Lily e il servitore, allungò una mano oltre la spalla della giovane per sfiorarle la pelle del collo, tracciare la linea della mascella. Sentì che lei deglutiva al suo tocco, e quel breve contatto rese il suo membro così duro che dovette muoversi.

Verso di lei o lontano da lei.

«Riempirei i calici di vino se permettete, mio signore, e li metterei sul tavolo,» mormorò Jada.

Anche se la voce di quell'uomo era pacata, fu un'interruzione devastante. Lily si allontanò rapida dal suo tocco, chiuse di scatto il libro e lo sbatté sulla pila di tomi. Le tremavano le mani.

Dopo aver fatto un profondo respiro per calmarsi, Wulf arginò la sua furia per evitare di urlare contro il suo servitore. «Va bene.»

Muovendosi nello spazio intorno a sé con competenza, Jada prese i calici, li mise sul tavolo e li riempì, per poi indietreggiare. Soffocando un sorriso, Wulf si domandò come sarebbe stato conversare con Lily durante una cena. Non vedeva l'ora di scoprirlo.

Si era allontanata di diversi passi e lo fissava come se, in parte, si aspettasse che l'avrebbe seguita.

E lui ne era più che tentato.

Ma uno stratega sapeva come far durare a lungo il gioco.

«Prego, sedetevi,» le disse indicando il tavolo e tornando a darle del voi. «Non faccio pasti elaborati durante un'azione militare, ma il cibo sarà caldo e ci sazierà.»

«Ha un profumo delizioso.» La giovane spostò lo sguardo sul tavolo e inarcò le sopracciglia sottili. Sedette a uno dei tre sedili di legno prima che lui potesse scostarlo dal tavolo per lei, poi ispezionò il cibo nel piatto che aveva davanti.

Anche Wulf lanciò un'occhiata al proprio piatto. Era colmo di carne di cervo arrostita, patate e carote, il tutto ben annaffiato dalla salsa; gli ingredienti erano semplici e facilmente riconoscibili, perciò non era sicuro di comprendere quella reazione.

«Come dicevo, non è cibo ricercato, ma ho un buon cuoco e una delle mie guardie assaggia sempre i piatti e il vino che mi vengono serviti.»

Si sedette di fronte a lei e prese il proprio calice.

Come se lo portò alle labbra, l'espressione di Lily cambiò.

Saltò su e colpì il calice, facendolo volare via dalla mano di Wulfgar. L'oggetto ruotò in aria, il vino si rovesciò in un ampio getto rosso scuro, come sangue che esce a fiotti da un'arteria ferita.

Vide gli occhi di lei spalancati, terrorizzati. Nel suo corpo ruggì l'istinto di contrattaccare e i suoi pensieri corsero come un cavallo selvaggio in fuga.

Avevano già bevuto il vino della brocca. E, quando era stata portata nella tenda, il vino era già stato assaggiato. L'unico momento in cui lo si poteva avvelenare era…

Prima che il calice potesse finire a terra nella sua inevitabile discesa, Wulfgar e Jada si mossero all'unisono e quest'ultimo estrasse un lungo coltello dal fodero che teneva legato in vita. Quando Wulfgar afferrò la spada, l'altro diede un calcio al tavolo.

Le assi del piano erano debolmente fissate al resto della struttura. I piatti, i vasetti di caviale e il cioccolato volarono ovunque. Un'asse colpì Wulf esattamente al petto, facendolo arretrare d'un passo, mentre Lily correva via inciampando e franando sul tappeto.

Jada scattò.

Verso Lily.

Wulf strinse la spada ancora nella fodera, senza avere il tempo di sguainarla. Ruggendo, spinse con forza l'asse da una parte e si lanciò verso l'assalitore, colpendolo con tutto il suo peso.

Agile come un gatto, Jada ruotò su se stesso nel tentativo di ferirlo con il pugnale. Spostando con rapidità la spada, il Lupo poté bloccare il pugnale prima che raggiungesse la sua gola, ma sentì un forte bruciore percorrere la base della mano quando Jada la colpì in profondità.

Lily gridò. Ancora a terra, schiacciata sotto i due uomini in lotta, era riuscita a rotolare sullo stomaco e stava cercando di strisciare via.

Spostando la presa sul fodero della spada in modo da usarla come arma contundente, Wulf sbatté il pomo dell'elsa sulla faccia di Jada. Lo zigomo del traditore si frantumò per la forza del colpo.

Troppo spesso il risultato di una battaglia veniva deciso non in secondi, ma in frazioni di secondo.

Scegliere di muoversi a sinistra invece che a destra. Di schivare, quando ti dovevi piegare.

Di prendersi un attimo di respiro piuttosto che scagliarsi in avanti con *tutto* ciò che si ha, non importa quanto forte ti gridi contro il tuo corpo, non importa quanto gravemente tu sia ferito.

La battaglia di Jada finì nel momento in cui urlò e cadde all'indietro. Continuò a combattere, a sforzarsi. Poteva anche credere di essere ancora in gioco, ma Wulf era più esperto.

Il Lupo sapeva spingersi sempre avanti, senza fermarsi. Sapeva come cavalcare quell'onda, perché, quando la rabbia della battaglia era su di lui, in quelle frazioni di secondo la sua furia distruggeva tutto e rendeva le cose più facili da vedere, lo rendeva più veloce e più forte del suo nemico.

Si accanì su Jada come un animale feroce, colpendolo ancora e ancora. Il sangue che sgorgava dal taglio alla base della sua mano e dalle ferite aperte sul viso contorto dell'avvelenatore si sparse ovunque. Wulf si concentrò su un unico intento omicida: spaccare la testa dell'altro come un uovo.

Cercando di proteggersi il viso con un braccio, Jada menava fendenti selvaggi. Wulf gli agguantò il polso e lo ruppe, facendo cadere il coltello sul tappeto.

Il vento gelido, portato dalle guardie che si erano precipitate all'interno, frustò l'aria nella tenda. Poi un peso atterrò sulla sua schiena e braccia sottili si avvolsero intorno al suo collo, afferrandolo da dietro.

«Wulf, fermati! Lo stai uccidendo!» gli gridò Lily all'orecchio.

La cosa lo sorprese così tanto che si fermò.

Capitolo Cinque

MOLTO DOPO, LILY si rannicchiò su un giaciglio nella tenda di Gordon ascoltando il putiferio che percorreva il campo.

Wulf e i suoi uomini erano occupati da un bel po'. Mentre aspettava, immagini sconnesse degli eventi di quella sera continuavano ad agitarsi al centro della sua mente.

La luce nello sguardo di Wulf quando le aveva accarezzato la pelle sensibile della gola.

La determinata brutalità con cui i due uomini avevano lottato. Wulf si era trasformato in un assassino, completamente diverso dal furfante che aveva spinto con gentilezza un pezzo di cioccolato nella sua bocca.

Ma quel cambiamento non l'aveva fermata dal saltargli letteralmente al collo. Aveva voglia di ridere al ricordo della sua faccia incredula quando si era guardato dietro le spalle, ma una parte di lei era ancora scioccata, ed era un po' troppo presto per scherzarci su. Tra tutte le cose bizzarre che aveva sperimentato nei suoi ventisette anni di vita, lo stare in mezzo a una battaglia non era tra quelle.

Ma aveva raggiunto l'obiettivo. Wulf si era bloccato abbastanza a lungo per permetterle di urlargli: «Non avrai nessuna risposta se lo uccidi.»

Era stato allora che la razionalità era ricomparsa nei suoi occhi. Quando si era allontanato dal corpo esanime di Jada, lei aveva allentato la presa. Ma poi mani rudi l'avevano afferrata per il collo e le avevano torto un braccio dietro la schiena.

Con un ringhio, Wulf si era voltato verso la guardia che l'aveva presa. «Indietro! Non mi stava attaccando.»

Subito il soldato l'aveva lasciata andare balbettando delle scuse, mentre le altre guardie sciamavano intorno al servitore a terra. Poi psiche pericolose e violente l'avevano colpita, insieme a sferzate di freddo intenso mescolate al calore nella tenda. Gordon e Jermaine si erano precipitati lì come delle furie. Entrambi pronti a battersi, ma lo scontro era già finito.

Wulf era diventato calmo e freddo, era stato come osservare l'occhio del ciclone. L'assassino brutale si era ritirato e il comandante aveva preso il suo posto. Aveva dato una serie di ordini secchi e il servitore era stato portato via. Lily aveva tremato al pensiero di cosa sarebbe stato il resto della vita di quell'uomo.

Sarebbe potuta terminare in fretta, ma lei lo aveva impedito. Una morte rapida sarebbe stata una benedizione.

Lily era indietreggiata fino a raggiungere un'estremità della tenda e si era messa a osservare la scena finché, all'improvviso, Wulf le era apparso davanti. Qualcuno gli aveva fasciato la ferita alla mano.

Lui l'aveva afferrata per un braccio.

«Dimmi dove sei ferita,» l'aveva interrogata con urgenza nella voce.

«Che? No, non sono ferita.» Lily aveva sbattuto le palpebre.

C'era qualche grossa abrasione lì dove i due uomini in lotta l'avevano schiacciata prima di riuscire a sgusciare via, e le costole le facevano un male cane nei punti in cui le assi del tavolo l'avevano colpita, ma quello era tutto. Si era fatta ben di peggio quando era caduta giù da un albero da bambina.

Wulf le si era avvicinato abbastanza da sfiorarla con il petto. Lei aveva percepito il calore bruciante emanato dal suo corpo. Nonostante la tenda affollata, si era sentita così avvolta dalla presenza di quell'uomo che in quel momento era stato come se ci fossero stati solo loro due.

Wulf le aveva fatto scorrere le dita sulla testa, per poi accarezzarle una guancia. Ritraendo la mano, l'aveva vista sporca di sangue. «Sanguini da qualche parte.»

Lily aveva guardato le macchie rosso scuro sul cotone bianco della sua casacca, poi aveva sollevato gli occhi sul viso teso di lui e gli aveva sorriso. «È il tuo sangue, non il mio. L'hai sparso ovunque mentre combattevi.»

Le aveva messo una mano sulla spalla e l'aveva stretta. Sentire quel peso fermo e deciso su di sé le aveva fatto capire di stare tremando. «Non ti lanciare *mai più* in mezzo a un combattimento in quel modo.»

«Beh, qualcuno doveva pur fermarti.» Lily si era strofinata la fronte. «Non sai se sia l'unico traditore nel tuo accampamento.»

«Potevi ferirti gravemente, o addirittura morire.» Lo sguardo duro dell'uomo l'aveva trapassata.

Stavano litigando? Lily non avrebbe saputo dirlo. Era stata una giornata infernale, lei si sentiva stanca e l'adrenalina che aveva in circolo per lo spavento stava cominciando a scemare. «Ma non è successo.»

Poi aveva sentito risuonare nella testa la calda voce profonda di Wulfgar. *Il mio dottore ha prelevato alcune gocce di vino dalla brocca. C'era una quantità di belladonna ben superiore a quella che ha provocato la dissenteria tra i soldati. Ha detto che sarebbero bastati un paio di sorsi per uccidermi. Mi hai salvato la vita.*

Era passato alla telepatia, perciò aveva deciso di

adeguarsi. *Immagino di sì.*

Era una cosa che non aveva considerato. Appena si era accorta che il vino era stato avvelenato, aveva reagito. Se fosse stata un'opportunista, si sarebbe seduta a guardarlo bere e così il fastidioso problema di cosa fare col Lupo di Braugne sarebbe svanito.

Il suo ruolo nell'aver determinato il destino dell'avvelenatore la turbava, ma alla sola idea che Wulf morisse Lily si sentiva fisicamente male.

E quello era davvero sconcertante, per non dire peggio.

Le aveva accarezzato la pelle con il pollice, la carezza nascosta alla vista dai capelli di lei. *Grazie.*

Incapace di parlare, Lily aveva annuito.

Jermaine era apparso dietro Wulfgar, il viso duro, completamente diverso dall'uomo gentile che l'aveva aiutata a salire e scendere dalla chiatta. «Siamo pronti.»

«Bene.» La voce del comandante era stata sbrigativa, ma Wulfgar l'aveva lasciata andare lentamente. «Dobbiamo scoprire se ci sono dei complici e, se è così, chi sono. Voglio sapere cosa lo ha portato a diventare un traditore. Gli è stato offerto del denaro o le spie di Varian sanno qualcosa di lui e lo minacciano? Quando si è reso conto di essere stato scoperto, non ha attaccato me, bensì Lily. Voglio sapere se c'è un motivo e se lei è ancora in pericolo.»

A quell'affermazione Lily aveva sentito il respiro bloccarsi; la giovane si era paralizzata, come una lepre spaventata inseguita dai cani.

Come se il restare immobile le sarebbe servito a qualcosa.

Jermaine era rimasto in silenzio, valutandola. «Mi assicurerò di chiederglielo, ma se doveva scegliere con chi battersi, la cosa si spiega da sé. Sapeva che contro di voi, comandante, non avrebbe potuto vincere. Forse sperava di usare la sacerdotessa come ostaggio, perché, una volta in trappola, lei era l'unica speranza per uscirne vivo.»

Wulfgar si era incupito. «Forse è così, ma se accade qualcosa alla sacerdotessa mentre è sotto la mia protezione, potremo scordarci qualsiasi collaborazione da parte dell'Abbazia. Dobbiamo esserne sicuri.» Poi aveva alzato la voce. «Gordon!»

Come per magia, Gordon era apparso immediatamente. «Signore.»

«Conduci Lily nella tua tenda e portale qualcosa da mangiare. E raddoppia la sorveglianza.» Con uno scatto, si era voltato di nuovo a guardarla. «Ho appena disposto di te come fossi un baule pieno di libri,» le disse dandole involontariamente del tu.

Non erano state delle scuse vere e proprie, ma almeno se ne era reso conto.

Scioccamente, avrebbe voluto sorridergli, ma era riuscita a bloccare l'impulso sul nascere. Le sue emozioni, i suoi desideri erano esasperanti, confusi e del tutto fuori controllo.

«Avete molte cose a cui pensare,» si era limitata a dire.

«Sì, e prima che sia mattina, avrò rivoltato l'intero accampamento per assicurarmi di estirpare alla radice ogni possibile ulteriore tentativo di avvelenamento.»

Wulfgar si era accigliato. «Domani ci saranno molte cose da fare. Cerca di riposare.»

Impulsivamente, Lily gli aveva toccato il dorso della mano prima di poterselo impedire. «Non vi preoccupate per me. Starò bene. Buona notte, comandante.»

Il cipiglio di Wulfgar era aumentato, e le era sembrato che fosse sul punto di rimproverarla per averlo chiamato in quel modo, ma una delle guardie aveva richiesto la sua attenzione.

Perciò, dopo averle fatto un breve cenno d'assenso, lui si era allontanato con Jermaine al suo fianco.

Andandosene, aveva portato via con sé tutto il calore della tenda. Tremante per il freddo improvviso, Lily aveva allacciato più strettamente la giacca che indossava.

Allora Gordon si era tolto il mantello e glielo aveva messo sulle spalle. La giovane l'aveva guardato stupita mentre sentiva il tepore avvolgerla nuovamente. «Siete molto gentile. Avevo avuto l'impressione che non vi importasse di me.»

Come al solito, le parole le erano uscite di bocca prima di riflettere su quali fossero le più appropriate da usare, ma lui non era parso offeso. «Avete salvato la vita del mio comandante. Non vi odio,» le aveva risposto, guardandola negli occhi.

Aveva detto il vero. Lily aveva osservato la sua psiche: l'ostilità di prima era scomparsa. «Comunque avete bisogno del vostro mantello, e il mio dovrebbe essere qua, da qualche parte.»

«L'ho visto e non potete indossarlo. È macchiato del vino avvelenato ed è stato calpestato. Venite.» L'aveva condotta fuori.

Lily aveva avuto appena il tempo di avvertire i morsi del freddo glaciale, che lui l'aveva fatta accomodare in una piccola tenda vicina. L'interno era molto semplice. C'erano un giaciglio pieno di coperte e pellicce, un piccolo baule e due bracieri che emettevano un calore così intenso da indurla a togliersi in fretta il mantello e restituirlo al proprietario.

«Vi porterò il prima possibile la cena,» le aveva detto Gordon. «Non temete. Nonostante ciò che è accaduto poco fa, il cibo del comandante è sorvegliato con attenzione, e assaggerò personalmente il contenuto del vostro piatto.»

A quelle parole Lily aveva avuto un rapido moto di stanca esasperazione. Quel soldato si era scordato che era stata lei a scoprire il vino avvelenato prima. Ma, non volendo offendere il suo nuovo alleato, gli aveva risposto seria: «Grazie.»

Gordon era stato di parola, portandole poco dopo la cena e un altro mantello. Ma si era trattato di un capo adatto a un soldato: semplice, utile allo scopo e troppo grande per lei. Dopo aver mangiato fino a sentirsi sazia, si era avvolta nell'indumento e si era messa a sonnecchiare sul giaciglio, finché il trambusto esterno non aveva iniziato a calmarsi.

Era ancora presa dal ricordo di ciò che era accaduto dopo lo scontro tra Wulf e Jada, quando la magia dei tempestari ricominciò. Il freddo divenne rabbioso e, sbirciando fuori, vide che era in corso una tempesta di neve.

Non si azzardò a indugiare oltre. Più restava lì, più alto era il rischio di essere scoperta. Non c'era momento migliore di quello. Sospirando, rivolse una preghiera silenziosa alla dea.

E Camael rispose.

Un leviatano invisibile si mosse attraverso l'accampamento. Le si rizzarono i capelli alla base del collo e le formicolò la pelle quando la presenza della dea riempì la tenda.

Quando la dea la circondò, la luce dei bracieri si affievolì e per Lily fu come osservare tutto attraverso un velo.

Sollevò il telo all'entrata della tenda e uscì. C'erano dei soldati di guardia alla sua tenda, e a quella di Wulfgar, fermi davanti a grandi fuochi, ben alimentati per tenere lontano il freddo. Tutti erano avvolti strettamente in almeno due mantelli e stavano accanto a una strega, che cantilenava con un sussurro continuo e rauco incantesimi utili a proteggere dalla magia dei tempestari.

Anche se l'area era molto illuminata, nessuno si accorse di Lily, che scivolò accanto a loro e si fece strada nell'accampamento brulicante d'attività.

Accadde che qualche soldato le passasse accanto in fretta, e una volta dovette scansarne uno che quasi andò a sbatterle contro, ma nessuno di loro la notò. Superò le sentinelle a guardia del perimetro esterno dell'accampamento, e la strega che stava vigile vicino a loro per difenderle dal gelo. La neve scricchiolava sotto le sue suole: passo dopo passo Lily si incamminò lungo la curva della strada, verso la città e il porto.

Due soldati e una strega erano di guardia anche lì, sprecando inutilmente le loro preziose energie per tenere sotto controllo l'isola, quando nessuno dei rifugiati nell'Abbazia l'avrebbe lasciata senza il permesso della Prescelta.

Neppure loro si accorsero di Lily, quando lasciò il molo ghiacciato.

La notte era un'immensa distesa blu scuro, piena di grandine che colpiva la pelle, mentre la luna era coperta da una pesante coltre di nubi.

L'isola stessa era una presenza nera, mastodontica, illuminata a tratti dalle luci luminose alle finestre delle torri; Lily desiderò così ardentemente di essere al riparo nella comodità della sua stanza, da poterla sentire intorno a sé.

Si rabbuiò, vedendo le chiatte larghe e ingombranti. Non solo erano bloccate dal ghiaccio, ma ci sarebbero volute almeno due persone per manovrarle.

Lily si rivolse alla dea. *Potresti essere così gentile da aiutarmi a raggiungere casa?*

In risposta alla sua supplica, il ghiaccio si spaccò e scivolò via. La Prescelta scrutò l'acqua e vide un grosso blocco di ghiaccio avvicinarsi galleggiando, fino a fermarsi accanto al molo. Sembrava il pezzo più grande di tutti. Sperò che fosse abbastanza robusto da sostenere il suo peso. Sospirò preoccupata.

La dea mormorò: *Ricorda. Sii coraggiosa come un leone. Abbi fede, io sono con te.*

La dea le aveva già detto quelle parole in passato, quando Lily era molto giovane, ma avere fede è una cosa molto semplice per un bambino che non conosce i pericoli del mondo.

Serrando le mascelle, scese con cautela i gradini scivolosi della scaletta del molo e salì sul blocco di ghiaccio. La zattera improvvisata ondeggiò dolcemente sull'acqua e a Lily si fermò il respiro per un attimo, ma il ghiaccio sopportò il suo peso senza intoppi. All'inizio non accadde nulla.

Poi il blocco iniziò a muoversi.

Avvolgendosi il mantello attorno al corpo, guardò l'isola farsi più vicina. Seguendo la volontà di Lily, il ghiaccio non la portò al molo principale, ma al piccolo pontile privato che guardava al mare aperto.

Scese giù dal blocco con prudenza. Il ghiaccio aveva coperto ogni cosa, ed era particolarmente spesso lì dove onde continue si erano riversate sulla passerella di pietra. Per fortuna aveva una superficie ruvida e irregolare così, anche se le suole dei suoi stivali erano lisce, fu in grado di camminarci. Raggiunse il portone rinforzato ed estrasse una grande chiave, ma si accorse che anche quello era coperto di ghiaccio.

Che cosa fantastica. Fece scorrere lo sguardo intorno a

lei: prima sull'incredibile panorama semi-ghiacciato, poi in su, verso la scogliera che torreggiava sulla sua testa; nonostante il favore della dea, lì, isolata da tutto, si sentì stupida e molto sola.

Richiamò a sé il suo Potere magico e scagliò un getto di pura energia che colpì il portone. La porta tremò e il ghiaccio che la copriva si ruppe in mille pezzi. Raccogliendo più Potere, si avvicinò al portone e si sforzò di percepire la pesante sbarra che, dall'altra parte, lo teneva chiuso. Dopo vari tentativi di sollevarla con la telecinesi, finalmente sentì un rumore attutito, come se la sbarra fosse caduta sui gradini.

Non più bloccata dal ghiaccio, Lily armeggiò per far entrare la chiave nella solida serratura di metallo. Le si erano intorpidite le dita per il freddo, così le cadde la chiave e dovette chinarsi a recuperarla. Quando tentò di nuovo di inserirla nella serratura, la porta si aprì di scatto e lei ruzzolò in avanti.

I Difensori avevano occupato la scala interna, il viso feroce di chi è pronto a combattere. Alcuni di loro avevano delle torce mentre altri impugnavano le spade sguainate. Vari scalini più su si erano fermate una scompigliata Margot e qualche altra sacerdotessa, il loro Potere pronto a colpire.

Esclamazioni di sorpresa si diffusero nell'aria sopra la testa di Lily. Qualcuno la sollevò in piedi mentre gli altri sbirciarono fuori, verso quella desolata vista del mare.

«Lily!» Margot si fece largo tra i presenti. Per un attimo anche lei guardò fuori. «Come diamine sei riuscita a tornare qui?!»

«Su un b-blocco di ghiaccio,» le rispose, battendo i denti.

«Hai *guidato* un blocco di ghiaccio in mare aperto? Durante una *tempesta di neve*?» Margot ripeté come intontita.

«Ecco, non ho fatto tutto da sola…» Lily guardò le persone che la fissavano, i loro visi pieni di costernazione e stupore. «Non avevo considerato che la porta su questo lato dell'isola potesse essere bloccata dal gelo. Ho dovuto distruggere il ghiaccio prima di poter tentare di aprirla.»

«Molti hanno sentito l'esplosione del tuo Potere.» Dopo aver ordinato di chiudere e sbarrare di nuovo la porta, Margot le afferrò le mani. «Sia benedetta la dea, stai rischiando di trasformarti in una statua di ghiaccio. Fate largo!»

Lily lasciò che Margot la circondasse con un braccio e la conducesse su per le scale, dicendole solo: «Eravamo così compiaciuti della nostra invulnerabilità che non abbiamo pensato di mettere delle guardie quaggiù.»

Subito, Margot si voltò e alzò la voce di nuovo. «L'avete sentita? Voglio che la cosa venga risolta subito. Se Lily può entrare, allora anche le altre streghe possono farlo.»

«Sì, mia signora. Metterò delle guardie a sorvegliare l'ingresso ventiquattro ore su ventiquattro,» fu la promessa del capitano dei Difensori.

Mentre salivano una rampa di scale dietro l'altra e percorrevano lunghi corridoi, le membra congelate di Lily cominciarono a riscaldarsi e la stanchezza iniziò ad annebbiarle la mente. Poi arrivarono i brividi di freddo.

«Dimmi di cosa hai bisogno.» Le braccia di Margot si strinsero intorno alle sue spalle. «Cibo? Tè?»

«Niente, per ora,» le rispose con i denti che battevano. «Voglio solo scaldarmi e andare a letto.»

Quando raggiunsero la camera di Lily, Margot chiuse la porta in faccia alle sacerdotesse curiose che le avevano seguite. Condusse Lily davanti al centro di un grande camino in cui scoppiettava già un bel fuoco.

Le fiamme nel cuore di Camael non morivano mai. Grata di quel calore, Lily si accasciò su un mucchio di larghi cuscini disposti sul pavimento, facendosi il più vicina possibile al camino.

Accovacciandosi accanto a lei, Margot le prese le mani e le sfregò con rapidità tra le sue, le labbra serrate in una linea dura. «Cosa ti ha spinto a tornare qui in un modo tanto bizzarro? Ti ha maltrattato?»

«No!» esclamò lei. Poi, con voce più calma, spiegò: «No, non mi ha fatto nulla. In realtà mi ha trattato molto bene. Ecco, io… Sono successe molte cose e devo ancora capacitarmene. A ogni modo mi avrebbe mandata indietro questa mattina, ma c'era la possibilità che scoprisse chi sono veramente. Volevo andarmene prima che accadesse.»

«Se l'avesse scoperto, non ti avrebbe lasciata andare,» concluse con perspicacia Margot. «Bene. C'è altro o possiamo rimandare a dopo che ti sarai scaldata e riposata?»

«S-sì, credo di sì. No, aspetta.» Si aggrappò alle mani di Margot quando l'altra fece per alzarsi. «Non credo sia lui il responsabile delle azioni dei tempestari, e comunque non importa chi sia il responsabile, non possiamo farci da parte e lasciare che continui. Soprattutto perché, se non fermeremo quei maghi, lui si vedrà costretto a fare un gesto estremo.»

«E quello che farà non ci piacerà per nulla,» mormorò Margot.

«Per ora sta cercando di essere gentile, ma se non avrà altra scelta, si impadronirà della città,» continuò Lily. «Proteggerà le sue truppe. Inoltre, la magia dei tempestari è un male, Margot. È una cosa malvagia. Se continuerà, ucciderà delle persone se non l'ha già fatto. E, se permettiamo che continui pur potendola fermare, ne diventiamo moralmente complici. Voglio sei squadre formate da Difensori e dalle nostre sacerdotesse più esperte, che scoprano da dove si origina questa magia e che la fermino con ogni mezzo possibile.»

Margot era combattuta: paura e soddisfazione si mescolavano nei suoi occhi verdi. «Ti confesso che mi piace l'idea di agire. Ma, se darai quest'ordine, dopo perderemo ogni possibilità di neutralità.»

«Te l'ho detto prima. Non abbiamo comunque alcuna speranza di restare neutrali,» ribatté Lily con impazienza, scuotendo la testa.

«La guerra sta arrivando, e noi non possiamo fermarla,» sussurrò Margot.

«No, non possiamo,» affermò Lily. «In un modo o nell'altro Calles cadrà, o sotto Guerlan o sotto Braugne. I nostri giorni come regno indipendente sono finiti.»

Capitolo Sei

IL VISO DI Margot si indurì. «Quanto tempo credi che ci rimanga?»

«Non lo so. Non molto.»

«Puoi vedere come accadrà?»

«No.» Lily si passò una mano sul viso stanco. «Lo scopriremo quando cederemo la nostra autonomia, ma lo faremo nel modo che garantisca le migliori condizioni alla nostra gente. È tutta la vita che Camael mi sta preparando a consegnare questo messaggio. Ogni visione e sogno che mi ha inviato, tutto ciò che ho visto, porta a questo.»

«Io ti credo.» Margot si sfregò il collo. «Ma, quando metteremo insieme quelle squadre e le manderemo in missione, il consiglio si opporrà. Non è che si contesti la tua carica. L'intera Abbazia ha partecipato alla Cerimonia della Scelta, Gennita ha unto la nostra fronte con l'olio e tutti noi abbiamo visto quel magnifico bagliore quando l'olio ha toccato la tua pelle. Ma le persone purtroppo dubitano e quello che dovranno affrontare è un cambiamento enorme e spaventoso.»

«Ma non è che siamo già pronti a giurare fedeltà a un'altra bandiera,» puntualizzò Lily. «Agiamo perché è la cosa più giusta e lecita da fare. Abbiamo bisogno di salvare delle vite.»

«Sono d'accordo, ma ci saranno conseguenze. Forse per

ora non ti schiererai, ma di sicuro lo farai, inimicandoti chiunque ci sia dietro ai tempestari. Non tutti ne saranno contenti.»

«È proprio per questo che ho creato il ruolo del primo ministro.» Voltandosi, Lily appoggiò la testa sulla spalla di Margot. «Terrai a bada il consiglio mentre io cerco di capire quale conseguenza sarà la più vantaggiosa per noi e quali sono i passi da fare per arrivarci.»

«Era questo il nostro accordo,» disse Margot con sarcasmo.

«Perciò questa è la tua battaglia, non la mia,» le rispose Lily allegra. «E tutti sappiamo bene quanto tu ami un bello scontro.»

Ridendo, Margot la abbracciò. «C'è stato un tempo in cui credevo di non desiderare nient'altro che diventare la Prescelta di Camael, ma ora… non ti invidio, Lily.»

«Una donna intelligente.»

Dopo che Margot se ne fu andata, Lily si mise a fissare le fiamme a lungo, sperando contro ogni logica di trovare risposte alle domande che la tormentavano, ma la dea si era allontanata.

In qualche modo doveva scegliere la strada che avrebbe condotto Calles e l'Abbazia verso la giusta meta. Doveva scegliere tra due uomini, il lupo o la tigre.

Le forze d'invasione provenienti da Braugne o il vicino regno di Guerlan.

Una delle due opzioni avrebbe aperto le porte a un futuro migliore. L'altra l'avrebbe distrutto.

Per quanto Lily si sforzasse di trovare una risposta chiara, Camael non le permetteva di vedere oltre quella scelta essenziale, ma la Prescelta poteva sentire che quella giusta era… qualcosa di meglio del semplice "accettabile".

C'era prosperità lungo quel cammino, perfino la prospettiva della felicità.

Invece la scelta sbagliata avrebbe condotto Calles al peggior disastro che avessero mai visto. Un cammino a cui pochi sarebbero sopravvissuti. Forse l'intera Ys non ce l'avrebbe fatta.

Lily non aveva tutte le informazioni necessarie. Non aveva ancora avuto l'opportunità di incontrare Varian, il re di Guerlan, ma c'era sempre stata pace tra Calles, l'Abbazia e Guerlan, e le lettere che Varian le aveva inviato erano ben scritte. Non poteva dire se fosse una persona gentile, o spiritosa, ma le era sembrato misurato, premuroso e obiettivo.

E poi c'era il Lupo di Braugne.

L'aveva conosciuto, le era piaciuto, e se ne sentiva attratta in modi che non aveva mai sperimentato prima con nessun altro uomo. La canaglia che l'aveva stuzzicata con consumata sensualità era irresistibile.

Quello stesso uomo che agiva come un assassino spietato con l'anima del conquistatore. Ma non c'era nulla di cattivo in lui. *Lui* non era malvagio.

Lily aveva sempre creduto di poter riconoscere l'uomo giusto non appena avesse avuto la possibilità di valutarlo, ma si era sempre sbagliata. Tutto ciò che aveva sperato accadesse quando il momento fosse giunto, tutto ciò che aveva creduto di capire, era finito nel caos.

Se fosse stata al posto di Margot, anche lei non si sarebbe invidiata.

Alla fine, trascinando il suo corpo spossato, raggiunse il bagno per lavarsi. Fu incredibilmente piacevole sentirsi puliti, indossare la camicia da notte più vecchia e morbida, e infilarsi strisciando sotto le coperte.

Si addormentò nell'esatto momento in cui la sua testa toccò il cuscino e iniziò a sognare.

Un uomo scivolò accanto a lei nel letto e premette le labbra sulla sua spalla nuda.

Avevi promesso che stavolta non avresti fatto tardi, si lamentò Lily, sbadigliando.

Lo so, mi dispiace. Lui la attirò tra le sue braccia. *I miei generali non volevano finirla di parlare. Permettimi di farmi perdonare.*

Il Paese era in guerra, e lei era diventata una nomade per seguirlo, ma lui si era impegnato moltissimo per rendere il loro alloggio confortevole e invitante, e le loro notti erano piene di pace, passione e calore.

Il potente corpo di lui era nudo, come lo era anche lei, e si adattava alla perfezione alla schiena di Lily, essendo allo stesso tempo seducente sconosciuto e rassicurante presenza familiare. Il piacere, come fumo invisibile, si diffuse caldo lungo i suoi nervi.

Dovette costringersi a usare un tono scontroso quando replicò: *Shh. Sto dormendo.*

Sei sicura? le sussurrò con voce roca in un orecchio, mentre la sua mano grande e forte si chiudeva sulla rotondità del seno di Lily. *Ne sei proprio sicura sicura?*

Era così bello quando l'accarezzava, avrebbe voluto inarcarsi come un gatto sotto le sue dita. Invece, fece finta di indispettirsi. *Sì, sono sicurissima!*

Le labbra di lui tormentarono i punti sensibili del suo orecchio mentre dita sapienti tracciavano cerchi sulla sua pelle. *Non ho mai conosciuto qualcuno che parlasse nel sonno in modo tanto razionale. Sei una donna dai molti talenti. Ora sono curioso di vedere se riesci anche a baciare nel sonno.*

Quando la fece voltare sulla schiena, lei serrò le proprie labbra traditrici cercando di non sorridere. *Sei l'uomo più testardo che abbia mai incontrato. Ottieni sempre ciò che vuoi?*

Devo confessare di sì, rispose lui.

Era così compiaciuto che lei scoppiò a ridere e cercò di vedere l'espressione sul viso in ombra del suo amante.

Il corpo di Lily conosceva quello di lui, e il suo cuore era già preso da quell'uomo; tuttavia, per una qualche ragione, lei non sapeva che aspetto avesse ed era di vitale importanza scoprirlo. Lui abbassò la testa, il fiato che odorava di menta quando le sue labbra sfiorarono quelle di lei. Lily fece scorrere le dita tra i capelli del suo amante, il quale spostò il peso in modo da essere tutto sopra di lei e poi approfondì il bacio. La lingua dell'uomo misterioso scivolò nella sua bocca.

Lily si svegliò di soprassalto, il cuore che batteva all'impazzata, ritrovandosi a fissare il soffitto affrescato della sua stanza all'Abbazia. Secoli prima era stato dipinto d'oro e di un blu cielo scuro, ma nella notte quei colori brillanti risultavano attenuati.

Sentiva ancora il peso del corpo del suo amante disteso sopra il suo e il sapore di menta della bocca di lui sulle labbra.

Quando Lily aveva creato il ruolo del primo ministro del consiglio, aveva rivelato la maggior parte delle sue visioni a Margot, ma non le aveva detto tutto.

Nelle prime c'erano sempre due uomini e lei si innamorava di uno di loro.

Aveva incontrato quello con intenzioni di conquista. Non aveva conosciuto l'altro.

Sapeva dalle visioni che uno di loro sarebbe stato un mostro, mentre l'altro... Ebbene, solo la dea sapeva cosa sarebbe diventato.

«Ti prego, dea, non farmi innamorare del mostro,»

sussurrò Lily al soffitto.

✧   ✧   ✧

GORDON IRRUPPE SENZA tante cerimonie nella tenda di Wulf. «Signore, è sparita.»

Per un momento il comandante pensò di non aver sentito bene le parole del soldato.

Era rimasto in piedi fino a notte inoltrata e si era riposato solo per poco prima di essere di nuovo attivo. Dopo aver interrogato a fondo Jada, Wulf ne aveva ordinato l'esecuzione, gestendo l'intera cosa nel modo più rapido ed efficiente possibile. Condannare ed eseguire la sentenza non era mai facile, e lui non voleva prolungare il supplizio del prigioniero più del necessario.

Jada aveva confessato di avere un complice, uno degli addetti alla tenda della mensa. Anche quell'uomo era stato imprigionato, interrogato e giustiziato. Quel secondo traditore non aveva fatto altri nomi, ma le scorte di cibo erano un elemento cruciale nella complessa e massiccia operazione di mobilitare un esercito, perciò Wulf non era soddisfatto che fosse finita così. Potevano esserci altri cospiratori, sconosciuti ai primi due.

Ordinò alla strega con il senso per la verità più forte di valutare le dichiarazioni di ogni membro della cucina, mentre la squadra di Jermaine e i dottori dell'accampamento frugavano da cima a fondo tra i viveri.

Nel frattempo il resto delle streghe combatteva per ridurre la mortale tempesta di ghiaccio creata dai tempestari in qualcosa a cui si potesse almeno sopravvivere.

Alla fine Gordon aveva sistemato la sua tenda e servito una calda colazione per due. Piatti pieni di carne e patate e tazze di tè bollente giacevano fumanti sul tavolo riassemblato, in attesa di una donna che non era apparsa.

Wulf forse aveva dormito un'ora al massimo, e un sordo dolore gli pulsava alla base del cranio.

«Cos'hai detto?» chiese bruscamente, passandosi la mano dietro al collo.

Avvicinandosi, Gordon rispose con voce chiara: «La sacerdotessa non è nella mia tenda. Se n'è andata, signore.»

Scattò in piedi prima che l'altro potesse finire di parlare. Si diresse a grandi passi alla tenda di Gordon, scostò il lembo di tessuto all'entrata e guardò dentro.

Chiaramente nessuno aveva dormito sul giaciglio. Era rimasta un'impronta lì dove lei si era rannicchiata, ma le coperte erano ben rincalzate agli angoli. I due bracieri si erano spenti già da alcune ore e i loro bordi metallici erano orlati di ghiaccio.

Gordon aveva disposto un'alta pila di legno per il fuoco proprio dentro la tenda, accanto all'entrata, ma era intatta.

Tutti quei dettagli lampanti furono come un pugno nello stomaco per Wulf. Non solo lei era scomparsa, ma l'aveva fatto un bel po' di tempo prima. Percorse frenetico l'interno della tenda, ne controllò i lati esterni e osservò il terreno. Non c'erano punti in cui fossero visibili tracce dell'uscita di qualcuno e neppure segni di lotta. Le pareti della tenda erano integre e la neve appena caduta, intatta.

Vorticando su se stesso, piantò gli occhi in faccia a Gordon che era dietro di lui. «Per tutta la notte, quattro soldati e una strega sono rimasti qui fuori.»

«Sì, signore.» Il viso del servitore era pallido e teso per la preoccupazione.

Qualcuno aveva superato quattro guardie e una strega. Quel qualcuno poteva essere Lily stessa o chi l'aveva presa.

«Prendi i cani.»

«Sì, signore!» Gordon corse via.

Wulf si mise a camminare avanti e indietro mentre aspettava. Quattro guardie. Quattro guardie e una strega.

Cos'era successo? Lily si era spaventata? Era ferita? Non c'era sangue su di lei, o almeno non ne aveva visto. Potevano esserci goccioline che non aveva notato, ma non volle rientrare nella tenda finché non fosse stata prima esaminata dai cani e dai loro addestratori.

Inoltre, c'erano altri tipi di ferite che lei poteva avere. Ripensò al suo corpo sottile, la pelle delicata e all'ovvia carenza di abilità nel combattimento, e imprecò sottovoce.

Jermaine aveva avuto ragione su Jada. Convinto con la promessa di ricevere denaro, si era venduto quasi due mesi prima, e aveva ricevuto da poco l'ordine di uccidere Wulf prima di giungere ai confini di Guerlan.

La presenza di Lily era stata un caso. Quando Jada l'aveva aggredita, era stato mosso dall'idea di prendere solo un ostaggio. E l'interno della tenda di Gordon non mostrava alcun segno di lotta.

Wulf non aveva ragione di credere che fosse stata presa di mira e attaccata. Aveva più senso che se ne fosse andata di sua iniziativa. Ma non ne era *sicuro*, il che lo faceva sentire arrabbiato e...

Non doveva lasciarsi prendere dal panico. Il Lupo di Braugne non si spaventava davanti ai misteri.

Ma era agitato. Oh, sì, agitato e... soprattutto molto preoccupato.

Tornò rapidamente alla sua tenda, prese la spada e il mantello e inviò Jermaine a mettere insieme una squadra. Quando gli esploratori arrivarono, si diressero all'estremità del campo e lavorarono con i cani per trovare l'odore di Lily. Gordon non aveva gettato il suo mantello e, una volta che i cani l'annusarono, gli esploratori li lasciarono liberi.

Bramosi, gli animali si lanciarono all'inseguimento e in pochi istanti il loro percorso divenne chiaro. Wulf e i suoi uomini li seguirono per la strada: man mano che si avvicinavano al porto, la sua preoccupazione diminuiva e aumentava la rabbia.

Quando i cani si fermarono alla fine del molo, uno di loro abbaiò la sua frustrazione.

Wulf sapeva come si sentiva il cane. Si piantò i pugni sui fianchi e fissò l'Abbazia. In quella grigia e fredda mattina, le calde luci dorate che brillavano attraverso le finestre lo schernivano.

Lily aveva raggiunto il porto, superando due – no, tre – gruppi di sentinelle e streghe. Non aveva usato una delle chiatte. No, quelle barche erano troppo difficili da manovrare per una donna minuta come lei.

Perciò, come aveva fatto? Come aveva fatto a raggiungere quella dannata isola dalla terraferma?

Non ne aveva idea, ma giurò sugli dèi che glielo avrebbe chiesto non appena l'avesse rivista. Perché l'avebbe rivista. A ogni costo.

Triplicò la sorveglianza al molo, poi tornò alla sua tenda per consumare una colazione ormai fredda e bere del tè gelido.

Bevve anche il tè nella tazza destinata alla donna scomparsa, mentre pensieri agitati sul da farsi si facevano strada nel suo cervello come tarme nel legno.

La notte precedente si erano detti delle cose l'un l'altra. Il dialogo più importante era stato quello non verbale, il linguaggio del corpo di Lily era stato fin troppo chiaro. E quella conversazione non era ancora conclusa. Di fatto era appena cominciata.

Non poteva piantarlo in asso e andarsene. Non era una cosa accettabile in nessuna ipotetica realtà.

Aveva accettato di essere il suo intermediario. Non poteva ritirarsi dall'accordo solo perché lo voleva. Solo *lui* poteva dirle quando andarsene. *Non lei.*

I suoi occhi finirono sul gruppo ordinato di barattolini di caviale e barrette di cioccolato che erano sopravvissuti allo scontro della notte precedente, insieme all'orrendo e strano contenitore di *Chef Boyardee*.

«Comandante!» Lionel si affacciò all'interno della tenda. «Un grosso gruppo è partito dall'Abbazia. Si tratta di due chiatte, signore.»

Wulf prese di nuovo il mantello e le armi. «Quanti sono?»

«Sembrano circa trenta persone. Il primo ministro è uno di loro. Anche a grande distanza, i suoi capelli rossi sono inconfondibili.»

Il Lupo si allacciò la spada in vita. «Qualche segno della mia sacerdotessa?»

Si rese conto di come dovettero suonare le sue parole dopo che le ebbe pronunciate: si bloccò un attimo, poi pensò: *Dannazione, sì. Lei è la mia sacerdotessa e faranno bene a restituirmela.*

Lionel scosse la testa. «Sono troppo lontani per dirlo.»

«Trenta persone,» ripeté con tono cupo. Quello probabilmente stava a significare numerose streghe, tutte molto più riposate e con abilità maggiori delle sue. «Raduna duecento soldati e cavalieri e costruisci una barricata alla banchina.»

«Sì, signore!»

Wulf mandò a prendere il suo cavallo e ricominciò a camminare su e giù. *Non* sarebbe rimasto su quella banchina ad aspettare che lei riapparisse come un cagnolino speranzoso. Il Lupo di Braugne non si struggeva *né* andava nel panico per nessuno, per gli dèi!

Fece passare una quantità di tempo che ritenne adatta, poi salì in groppa al suo stallone e galoppò verso il molo. Aveva calcolato i tempi nel modo giusto, arrivando quando le chiatte avevano iniziato l'attracco.

Margot Givegny lo fissò dall'imbarcazione più grande. «Non avete alcun diritto di impedirci di muoverci liberamente sulle nostre terre. Toglietevi dalla nostra strada, comandante.»

Con il pugno piantato sulla coscia, impedì al cavallo irrequieto di muoversi avanti e indietro e urlò: «Se ci fosse stato un intermediario con me a spiegarmi le vostre intenzioni, avrei potuto anche accettare di spostarmi e lasciarvi procedere. Tuttavia, non ho più un intermediario. È fuggita dal mio accampamento come un ladro nella notte.»

«Non è una vostra servitrice,» lo rimbeccò Margot. «Ha tutto il diritto di andare e venire come desidera. Nessuno di noi qui è un vostro sottoposto.»

«Bene, allora.» La voce di Wulf divenne carezzevole, ma il sorriso che rivolse alla donna fu astioso. «Non vedo come potrei lasciarvi passare. Dopotutto, senza delle adeguate spiegazioni, come posso essere sicuro che non intendete attaccarci?»

Margot rimase a bocca aperta. «Per l'amor del cielo, avete un'armata di ottocento soldati. Che danni pensate che potremmo anche solo sperare di farvi?»

Il sorriso del Lupo scomparve. Scese da cavallo, lanciò le redini a Lionel e raggiunse il bordo del molo.

«Un uomo ha cercato di avvelenare Lily e me la scorsa notte. Due uomini che lavoravano in coppia hanno provocato una malattia che ha colpito centinaia dei miei soldati. Conto sette donne nel vostro gruppo che non indossano le armature dei Difensori. Sette sacerdotesse che, immagino, sono anche potenti streghe.» Wulf le lanciò uno sguardo freddo e duro. «Perciò ditemi che danni potete causare.»

Capitolo Sette

ALLE PAROLE DI Wulf, le lentiggini che costellavano il naso e le guance di Margot divennero più evidenti. Era visibilmente impallidita.

«Qualcuno ha cercato di avvelenare sia voi che Lily?» bisbigliò, deglutendo con forza.

Era troppo scossa per fargli pensare che stesse fingendo. Wulf strinse gli occhi. Era ovvio che Lily avesse molto da spiegare, non solo a lui.

Indicò le due chiatte. «Lily ha detto che nessuno avrebbe lasciato l'isola finché io e il mio esercito fossimo rimasti. Allora perché siete qui? Cos'è cambiato, e perché dovrei permettervi di sbarcare?»

Subito Margot si ricompose. Fissandolo, passò alla telepatia. *Tenete bene a mente, comandante, che io non vi devo alcuna spiegazione, e voi non avete alcun diritto di impedirci di percorrere le nostre stesse terre, perciò fate attenzione a non spingervi troppo oltre.*

Anche se lo stava rimproverando, lui sapeva che il primo ministro era passata alla telepatia per una ragione. Si piantò sul posto, allargando i piedi e incrociando le braccia al petto. *E?*

La nostra Prescelta mi ha ordinato di inviare sei squadre per individuare i tempestari e fermarli con ogni mezzo necessario. Un lampo di vendicativa soddisfazione passò negli occhi della donna. *Perciò, impedendoci di seguire i suoi ordini, vi state danneggiando da solo, più di quanto potrebbero fare i vostri nemici.*

Wulf distese le braccia lungo i fianchi. *Ha accettato di aiutarci.*

No, comandante. Margot scosse la testa. *Non vi stiamo offrendo aiuto né ci stiamo schierando dalla vostra parte. Noi ci impegniamo solo a rispettare la legge e ad aiutare ogni contadino che può essere in pericolo. La nostra Prescelta non vuole vedere persone innocenti morire.*

Il Lupo di Braugne si piegò verso di lei e le offrì la mano. Margot esitò per un lungo momento prima di prenderla, poi lui l'aiutò senza tanti complimenti a passare sul pontile. «Bene, lasciate che vi aiuti. Posso dare dei rinforzi a ogni vostra squadra.»

«No, comandante.» La donna si voltò e fece cenno ai suoi, che sbarcarono a loro volta. «Saremo solo noi a occuparcene.»

Accigliandosi, guardò i gruppi formare una linea. C'erano una sacerdotessa, o una strega, e tre Difensori in ogni squadra. «I tempestari usano una magia molto potente. Trovarli sarà un lavoro pericoloso.»

«Ne siamo ben consapevoli.» L'esasperazione trapelò dalla voce di Margot.

Wulf la guardò ispezionare una squadra dopo l'altra, fermandosi a guardare ogni strega negli occhi. Gli sarebbe piaciuto sentire quali ordini stava impartendo loro, ma qualsiasi cosa si stessero dicendo, lo facevano in totale silenzio.

Attese la fine della rassegna, poi le disse: «Almeno lasciate che vi diamo dei cavalli.»

«No, comandante,» rispose la donna. «Calles non accetterà alcun sostegno da parte di Braugne su questa cosa, ugualmente non chiederemo aiuto a nessun altro regno.

L'Abbazia tiene i suoi cavalli presso le locande della città. Non c'è altro da discutere.»

Doveva lasciar fare a lei. C'erano solo cinque Difensori che potevano restare con Margot, mentre lui aveva una forza composta da duecento soldati in attesa solo di un suo ordine, eppure lei l'aveva congedato come si fa con un servitore o un supplice.

C'era una certa magnifica arroganza suicida in quello.

Avrebbe potuto farla prigioniera. Lei avrebbe ferito o ucciso gran parte dell'armata di Braugne prima di essere catturata, ma sarebbe riuscito a fermarla.

Invece Wulf si calmò e tornò da Lionel e dal suo cavallo, mentre le sei squadre dell'Abbazia superavano le linee formate dai suoi soldati e si dirigevano verso la città. Margot e i suoi Difensori risalirono sulle imbarcazioni e tornarono all'isola.

Dopo aver osservato per alcuni minuti il viaggio di ritorno delle chiatte all'Abbazia, Lionel si massaggiò il mento in modo dubbioso. «Avremmo potuto fermarli.»

«Ci sarebbero state perdite considerevoli, senza alcun effettivo guadagno per noi. A ogni modo, ho un'altra idea su come gestire l'Abbazia.» Wulf montò in groppa al suo cavallo e guardò in basso, verso Lionel. «Manda sei dei nostri migliori combattenti dietro alle loro squadre in incognito. Desidero che abbiano successo nella loro missione, che vogliano il nostro aiuto o meno.»

Lionel sorrise. «Sì, signore!»

✧　✧　✧

DOPO QUEL SOGNO, Lily non era più riuscita a dormire.

Ma ne aveva assoluto bisogno. Erano mesi che non riusciva a riposare decentemente: le visioni e i sogni non l'abbandonavano mai, impedendole di dormire a sufficienza.

Alla fine, pur sentendosi disperatamente stanca, si era costretta ad alzarsi dal letto, vestirsi e cercare di affrontare almeno qualche documento della pila infinita che si era accumulata sulla sua scrivania in ufficio.

C'erano appelli per delle preghiere che la Prescelta avrebbe dovuto fare personalmente, accompagnati da donazioni di grosse somme di denaro, richieste da altri regni e principati per avere una sacerdotessa che si trasferisse stabilmente presso di loro e lettere dai possedimenti delle Antiche Razze sulla Terra e dalle Altre Terre.

C'erano anche più di una dozzina di richieste personali e lamentele portate dagli abitanti dell'Abbazia stessa, doveva visionare le finanze dell'Abbazia e approvare o modificare il bilancio del trimestre successivo…

Nonostante l'aiuto di una segretaria, si era sentita affogare nella carta.

Come avrebbe potuto approvare il rendiconto? In quel momento, l'Abbazia non poteva permettersi di spendere denaro per cose che non fossero state fondamentali per sopravvivere. Avevano bisogno di risparmiare in previsione di eventuali importazioni di viveri dalla Terra prima del successivo raccolto.

Poi Margot le aveva portato il documento con i nomi delle persone che avrebbero fatto parte delle sei squadre per la caccia ai maghi che stavano manipolando il clima: Lily aveva studiato attentamente la lista e l'aveva approvata.

Subito dopo che Margot se ne fu andata, un'onda di emozioni nere come la pece la travolse.

Delle persone sarebbero morte. Forse si sarebbe trattato dei tempestari, o forse di alcuni nomi su quella lista.

Conosceva quella gente, aveva mangiato con loro, riso

alle loro battute, si era dispiaciuta delle loro difficoltà e aveva gioito delle loro vittorie personali.

Nella luce fredda del mattino, non serviva a nulla ripetersi che delle vite innocenti erano in pericolo. Era la pura verità. Era così, ciò che stava per accadere era sbagliato, la decisione che lei aveva preso era giusta… e niente di tutto ciò l'aiutava.

Per la prima volta da quando era diventata la Prescelta, aveva esercitato il potere che la sua posizione le conferiva dando degli ordini che avrebbero causato la morte di chi doveva eseguirli.

«Dea, ti prego, sii con loro,» sussurrò a Camael.

A volte la presenza della dea era vivida, immensa e prodigiosa. Altre volte, invece, tutto ciò che Lily sentiva era il silenzio. Quella volta fu silenzio, ma almeno l'oscurità nel suo cuore si era attenuata abbastanza da permetterle di concentrarsi su altre cose.

Si sedette alla scrivania, aprì il cassetto che conteneva un pacchetto di lettere speditele dal re di Guerlan. Le prese e si mise a leggerle di nuovo.

«… Più di quanto non riusciamo a dire, ci dispiace di non poter essere presenti alla vostra cerimonia di ascensione in quanto le questioni del regno richiedono la nostra attenzione. Ma vi mandiamo le nostre felicitazioni e, in nostra assenza, vi preghiamo di accettare in dono dei giocattoli per gli orfani dell'Abbazia, creati in vostro onore, voi che siete il più alto esempio in tutta Ys di come, partendo dal basso, si possano raggiungere le vette più alte…»

Poi prese la successiva: «… Sono certo che questa missiva troverà la grazia vostra in salute, e che stiate raggiungendo il vostro equilibrio. … Conosco molto bene le difficoltà che ci sono nel doversi assumere all'improvviso i doveri di un ruolo così importante, soprattutto durante un lutto, come accadde a me quando mio padre morì. ...»

E da un'altra lettera: «... L'estate è ancora una volta passata in fretta, e vi ringraziamo per il dono annuale dell'Abbazia. Il vino è stato grandemente apprezzato. Ho sentito quanto amate le storie, perciò spero gradirete i libri che vi ho spedito. Desidero estendervi il mio personale invito a partecipare al festival del Masque che si terrà a Guerlan durante il solstizio d'inverno. C'è solo una settimana di viaggio da Calles alla capitale, e la città è meravigliosa durante il festival. Ghirlande adornano le strade e i negozi, e io tengo sempre uno dei ricevimenti più sfarzosi che ci sono nei sei regni. ...»

In tutto aveva mezza dozzina di lettere, ciascuna un brillante mix di frasi ufficiali e personali. Quasi sicuramente il re non ne aveva scritta nessuna. Si era sempre chiesta se non avesse dettato quei brevi commenti personali, ma in verità tanto le lettere quanto i doni pieni di riguardo potevano venire benissimo dal suo segretario.

Lily si passò una mano sul viso. Conscia dell'inverno rigido che avrebbero affrontato, aveva declinato l'invito del re con sentito dispiacere.

Ora ci stava ripensando. Se fosse partita subito, avrebbe raggiunto in tempo la città per partecipare al Masque.

Osservare Varian da vicino e vedere con i suoi occhi quali visioni c'erano da scoprire, forse le avrebbe consentito di trovare il mostro che non aveva individuato in Wulf.

O forse la psiche di Varian sarebbe apparsa come le sue lettere, calda e premurosa, misurata e obiettiva.

Desiderò scomparire. Aveva bisogno di dormire almeno un po'.

Cosa stava pensando Wulf in quel momento? Doveva essere furioso con lei per averlo abbandonato senza nemmeno una parola.

Che fosse arrabbiato o meno, la cosa non faceva alcuna differenza per lei. Non gli doveva alcuna spiegazione. Quando rimise le lettere nel loro cassetto e si alzò, Gennita si precipitò nel suo ufficio.

«Vostra grazia, devo chiedervi qualche momento del vostro tempo.» Il mento della sacerdotessa più anziana tremava.

Le spalle di Lily crollarono. Aveva cercato di presentare al consiglio in modo gentile e rispettoso la carica a primo ministro di Margot, ma aveva offeso Gennita profondamente non offrendole la posizione. Gennita era stata il consigliere di Raella per anni, ed era la sacerdotessa più anziana nel consiglio.

Inoltre, non si contavano più le volte che le aveva chiesto di chiamarla Lily, ma lei aveva persistito nel mantenere le formalità, e Lily aveva iniziato a dubitare che la rottura tra loro si sarebbe mai rimarginata.

«Ora non è un buon momento, Gennita,» le rispose.

«Quel che debbo dirvi non può aspettare!» La donna avanzò nella stanza. «Vostra grazia, dovete ritirare l'ordine di inviare le sacerdotesse e i Difensori dell'Abbazia a interferire in affari che non ci riguardano!»

L'oscurità, come un profondo dolore, minacciò di travolgerla ancora, e la tensione si avvolse attorno a lei così strettamente che dovette sforzarsi nel fare un respiro profondo. «Questa situazione ci riguarda. Riguarda tut…»

«Calles è troppo piccola per resistere a uno scontro diretto e duraturo con un altro regno! Soprattutto ora che il Lupo di Braugne indugia alla nostra porta. Come credete che apparirà questo atto agli occhi di Guerlan, il nostro vicino più grande e potente? Potreste aver compromesso anni di pacifica coesistenza!»

Per un momento, a Lily parve di essere tornata indietro ai giorni subito successivi alla sua nomina, assalita dalle visioni, circondata dalla resistenza delle più importanti sacerdotesse dell'Abbazia e bombardata da un'incredibile quantità di compiti che, apparentemente, spettava solo a lei svolgere, nonostante i suoi sforzi di delegare quando poteva.

Ricordava quei giorni fin troppo bene, la combinazione di forze contrastanti che competevano per la sua attenzione e minacciavano di farla a pezzi.

Ricacciò quei ricordi nel passato a cui appartenevano, serrò i denti e cercò di essere paziente. «Non sei d'aiuto, Gennita. Dovresti riportare le tue perplessità al primo ministro.»

«Non mi ascolterà!»

La pazienza di Lily svanì. «Margot sta facendo il suo lavoro! Devi ascoltarla e fare ciò che ti dice di fare.»

«Non riesco a credere che l'Abbazia sia diventata un posto simile.» Gennita la squadrò, il tradimento nei suoi occhi. «All'inizio sembravate così promettente, e riponevo tante speranze in voi. Ma adesso, non solo minacciate di distruggere le nostre difese e le nostre tradizioni, ma stiamo per perdere anche i nostri alleati. E state costruendo dei muri intorno a voi così che nessuno possa sollecitarvi a considerare una soluzione diversa. Vostra grazia, sarete la fine di Calles se non cambiate atteggiamento!»

Quelle parole colpirono Lily dritta al petto, come se avesse ricevuto un pugno. Premendosi una mano sulla pancia, combatté per restare calma.

Quando fu di nuovo in grado di parlare, le ordinò:

«Vattene.»

Gennita esitò, guardandola come se si aspettasse che Lily cambiasse idea. Ma lei non disse nulla, così la donna si voltò e lasciò la stanza.

Per essere stato un breve scambio, era stato davvero brutto. Richiudendo la porta dell'ufficio dietro di sé, Lily corse verso la scala a chiocciola che conduceva alle stanze della Prescelta, in cima alla torre che si affacciava sul mare. Per fortuna non incontrò nessuno.

Una volta nella sua camera, sprangò la porta e scacciò con una mano le lacrime che continuavano imperterrite a scenderle lungo le guance, continuando a coprirsi lo stomaco con l'altra mano come a cercare di proteggersi da un colpo ormai già assestato.

In tutta la sua vita, aveva sempre cercato di fare tutto il possibile per assicurare a Calles il meglio. Non poteva fare più di così. Sentirsi dire da una persona come Gennita, che l'aveva confortata quando era piccola e incoraggiata durante gli studi, che lei sarebbe stata la fine di Calles, l'aveva ferita profondamente.

Un soffio di aria fredda sfiorò la sua pelle calda e dietro di lei risuonarono dei passi.

«Che peccato,» disse Wulf. «Ero venuto fin qui per litigare con te, ma non sembra che tu sia dell'umore adatto.»

Fu come se il pavimento avesse vita propria sotto i piedi di Lily. Barcollando, lei si voltò per guardarlo in faccia.

«Siete Lily?» Wulf avanzò. «O dovrei dire *vostra grazia?*»

Era straordinariamente affascinante in quella semplice casacca bianca, pantaloni di pelle e stivali. Ma era anche più duro, cattivo e pericoloso che mai; le stanze private della Prescelta, arredate con cura e in genere spaziose, ora sembravano molto più piccole del solito.

Il fatto che lui stesse lì in piedi, al centro della sua torre, era molto più che difficile da accettare. Era impossibile.

«Cosa ci fai tu qui?!» Gli occhi di Lily corsero tutt'intorno alla stanza. «In nome della dea, come hai fatto a entrare?»

La giovane scorse un mucchio di strani oggetti vicino a una delle alte finestre. Si precipitò a ispezionarli e nel mentre sentì Wulf rispondere: «Mi sono arrampicato e ho rotto una finestra. Sapevo che era solo questione di tempo prima che la Prescelta tornasse alla sua torre.»

C'erano un mantello nel mucchio, insieme ad altri panni di lana e a dei guanti, delle corde, vari strumenti metallici e un paio di ramponi in ferro dotati di cinghie per poterli allacciare agli stivali. L'equipaggiamento necessario ad arrampicarsi.

E c'era la sua spada, appoggiata al muro e ancora nel fodero, uno di quelli che si portano legati alla schiena. Si sentiva così sicuro di sé da non tenere l'arma al fianco, e in qualche modo quel particolare era davvero terrificante.

O forse era mortificante. Lily non sapeva quale delle due parole fosse più adatta.

Si voltò per fronteggiarlo. Lui l'aveva seguita attraverso l'ampio spazio della camera e si era piantato a pochi passi da lei con le mani sui fianchi.

«Sei *impazzito?*»

Wulf la guardò sarcastico, la bocca incurvata. «Ha parlato la donna che ha pensato fosse una buona idea attraversare da sola un pericoloso tratto di mare congelato, di notte e nel bel mezzo di una tempesta di neve.»

«Oh, sapevo cosa stavo facendo, e non mi è successo niente!» Sentendo il desiderio di fuggire, Lily indicò la finestra rotta. «Ma *questa* è... è follia! Potevi morire, precipitando di sotto. Che sarebbe accaduto se i Difensori sulle mura ti avessero visto? Con un paio di frecce ben mirate avrebbero potuto ucciderti! Il tuo corpo sarebbe rimasto penzoloni là fuori finché qualcuno non avesse deciso di tirarlo giù.»

«Non siete l'unica con l'abilità di rendersi invisibile.» Wulf le rivolse un sorrisetto. «Una delle mie streghe ha lanciato un incantesimo di invisibilità su di me e su una piccola barca da pesca.»

Lily trattenne il respiro. «Avevi detto che nessuna delle tue streghe è potente quanto noi. Hai affidato la tua vita a quell'incantesimo?»

«A differenza del vostro, l'incantesimo della mia strega non sarebbe stato abbastanza forte da permettermi di attraversare un intero accampamento militare pieno di soldati e tre sentinelle, ma è stato sufficiente a consentirmi di arrivare sull'altro lato dell'isola. Ho ormeggiato al molo secondario e ho scalato una parte della torre che nessuna delle guardie sulle mura poteva vedere.»

Lily rimase a bocca aperta. I rischi che si era preso erano spaventosi. Se le guardie appena messe ai piedi delle scale l'avessero sentito, a quell'ora sarebbero state tutte morte.

Loro, non lui. La giovane non ne dubitò neppure per un attimo. La sua mente esaminò febbrilmente le catastrofiche conseguenze di quella situazione, ma poi dovette costringersi a considerare solo ciò che era importante in quel momento.

Prendendosi un attimo per sentirsi grata del notevole spessore della porta e del ruggito del mare agitato fuori dalla finestra, gli domandò: «Come facevi a sapere di quel punto cieco?»

«Avevo mandato un soldato in ricognizione sull'isola settimane fa.» Wulf si avvicinò, il lento e morbido movimento del suo corpo era tipico del predatore. «È tornato prima che iniziasse a nevicare. Ha noleggiato una barca e ha navigato intorno all'isola, dopo è entrato nell'Abbazia insieme a un gruppo di postulanti. A quanto pare, visitare l'Abbazia è stata un'esperienza piacevole. La sacerdotessa con cui ha parlato è stata molto gentile, mentre i bambini giocavano in cortile. Ha disegnato una mappa dei punti più deboli della sorveglianza e della difesa. Su questo lato dell'isola fate troppo affidamento sulla natura per proteggervi.»

La notte prima, lei stessa aveva detto la medesima cosa, ma fu devastante sentirlo confermare così freddamente da Wulf. «Ci hai controllato settimane fa.»

«Ho fatto ispezionare la capitale di ogni regno. Come avete detto, *vostra grazia*, sono sempre quattro mosse avanti.»

Lily ci aveva visto giusto. Era ancora molto arrabbiato. «Quando hai scoperto chi sono? Quel servitore te l'ha detto quando lo hai interrogato?» gli chiese, arretrando di un passo.

«L'ho capito quasi subito.»

Lei sentì di nuovo il pavimento inclinarsi pericolosamente sotto di sé. «Lo sapevi?»

«L'ho indovinato quando ci siamo incontrati per la prima volta sul molo. Nel vostro gruppo tutti recitavano la loro parte. Si concentravano su di me e il vostro ministro, ma voi eravate fuori posto in quel siparietto. Non prestavate attenzione a noi, eravate concentrata su altre cose, e non stavate allineata con la formazione. Vi eravate leggermente spostata mentre ci stavate valutando. Di tutti i Difensori lì presenti, i più forti erano posizionati dietro di voi, non dietro il primo ministro. E, quando avete accettato di venire con me, tutti hanno reagito.»

Incredibilmente irritata, Lily chiuse gli occhi. Già in quel momento, non aveva avuto dubbi che lui notasse tutto. Evidentemente era destinata a fare delle osservazioni abbastanza accurate, ma quando si trattava di ricavarne delle informazioni utili, diventava uno spettacolare fallimento.

«Non avevo idea che Margot avesse disposto i Difensori in quel modo,» sussurrò. «Perciò, quando mi hai scelta, lo sapevi già.»

«Lo sospettavo, ma non ne ho avuto la certezza finché non mi avete parlato delle biciclette.» Wulf scosse la testa. «Solo chi li realizza descrive con tanto entusiasmo i propri progetti, e voi avete amato dare quell'opportunità alla città. Il vostro viso si è illuminato quando ne avete parlato. Dopo di allora, un paio di volte ho pensato che avreste confessato. Ricordate quando vi ho detto che il vostro primo ministro non aveva mosso obiezioni a darmi una sacerdotessa, ma non voleva che foste voi? È stato allora che ho pensato me l'avreste detto, ma non lo avete fatto. Siete riuscita a svicolare.»

L'aveva saputo per tutto quel tempo. Invece di affrontarla apertamente, era rimasto a guardare e aspettare, aveva conversato con lei e intanto l'aveva valutata. E lei non aveva sospettato nulla, neppure una volta.

Con le parole rabbiose di Gennita che ancora la laceravano dentro come un coltello piantato nello stomaco, lui non aveva potuto scegliere momento peggiore per farle quella rivelazione.

Di cos'altro non si era accorta? Cos'altro, cos'altro?

Le visioni erano sempre più forti quando lei si sentiva a pezzi e vulnerabile, come se quelli fossero i momenti in cui la dea poteva far splendere la sua vera luce nella mente di Lily. E ora, le visioni la sommersero nuovamente, rendendola cieca al mondo intorno a lei.

Un inverno duro, un raccolto scarso. I regni pieni di disordini. L'oscurità sopra la terra, spade che cozzavano le une contro le altre, e due uomini impegnati in un combattimento mortale. Uno di loro avrebbe condotto Ys alla distruzione totale.

E, sempre, la caduta di Calles…

Sarete la fine di Calles se non cambiate atteggiamento!

Pur avendo visto tutto ciò, aveva fallito nel comprendere la verità… E la gente sarebbe morta a causa dei suoi ordini, per le sue azioni.

Sarebbe stata responsabile della caduta di Calles? Di nuovo, sentì una sensazione lacerante, come se forze opposte cercassero di farla a pezzi. Pur cercando di bloccarlo, le sfuggì un gemito basso e si ripiegò su se stessa.

Dea, non posso farcela.

«Lily,» Wulf la chiamò. «Che succede?»

Vagamente, si accorse che il tono sarcastico e pieno di odio era svanito, tuttavia la sua presenza era ancora insopportabile per lei. Si sentiva troppo esposta, troppo ferita.

«Non guardarmi,» disse, serrando i denti, mentre le lacrime cadevano sul pavimento di marmo. «Hai invaso il mio spazio personale solo perché eri arrabbiato. Non puoi vederlo. Spetta a *me*, hai capito? Devo occuparmene io, non tu.»

Il silenzio pulsò con il ritmo del sangue che le martellava nel viso. Ancora piegata, si concentrò sul pavimento sotto i suoi piedi, sul respiro successivo.

Lily si rese conto in modo straziante del momento in cui lui si mosse. Con la coda degli occhi, vide la sua figura appannata accosciarsi accanto a lei. Aveva voltato il viso da un'altra parte.

«Non ti sto guardando.» Le sue parole erano molto calme. Prive di aggressività. «Voi donne dell'Abbazia siete agguerrite quando si parla dei vostri confini, vero?»

Lily tossì. Non era una vera e propria risata. «Puoi scommetterci che lo siamo. Difendere i confini è proprio uno dei fondamenti della nostra fede, tanto quanto nutrire quelli che ci stanno a cuore e praticare le arti della guarigione.»

Sempre senza guardarla, allungò una mano verso di lei. Le dita di Wulf corsero leggere sulla sua coscia e poi su fino alla vita, cercando solo con il tatto, finché raggiunsero il suo braccio e vi si avvolsero intorno. Lentamente lui aumentò la presa e, applicando una certa pressione, lo fece diventare il punto focale di tutto: non c'era più il tumultuoso scontrarsi di pensieri, emozioni e immagini, a intorbidire la mente di Lily.

Come le onde della bassa marea, le visioni si ritirarono. Senza più la sensazione di essere sopraffatta, la giovane fece un profondo respiro, poi un altro, e le lacrime si fermarono. Asciugandosi il viso, si raddrizzò.

Wulf rimase fermo quando lei si mosse. Invece di lasciarla andare, le fece scivolare la mano lungo il braccio e le prese le dita stringendole leggermente. «È stato il litigio più insoddisfacente che abbia mai avuto.»

Lily quasi rise di nuovo, ma dannazione, no, non l'avrebbe fatto. «Per quel che vale, non credo tu abbia compreso quanto *folle* sia stato scalare la mia torre.»

«Beh, per quel che vale, i punti ciechi che il mio esploratore ha mappato sono inutili, tranne per una piccola e mirata squadra d'attacco. Quassù potrebbe arrivare un assassino, certo non un intero esercito.»

«Un pericolo che nessuna Prescelta ha dovuto affrontare in passato, per *svariati secoli,*» replicò lei sarcastica.

Wulf alzò le spalle. «Fa' mettere delle inferriate alle finestre e sarai al sicuro.» Fece una pausa per tirare su una sacca di pelle e condurre Lily verso i cuscini sul pavimento di fronte al caminetto. «E poi, signorina, non hai alcun diritto di *dirmi* che sono folle.»

Quando raggiunsero i cuscini, la tirò giù a sedere accanto a sé.

Lily non avrebbe dovuto sedersi accanto a lui. Avrebbe dovuto fare altro, tipo approfittare del suo comportamento calmo per sottrarsi alla sua stretta, correre alla porta, togliere la sbarra e chiedere aiuto urlando. Aveva visto con i suoi occhi quanto Wulf fosse veloce, ma praticamente era quasi seduto. Forse poteva farcela.

Ma era stanca, e tutte quelle azioni sembravano una vera scocciatura che non desiderava affrontare. Lo sgomento, l'allarme, l'inevitabile violenza.

Wulf non poteva fuggire dalla torre senza rischiare di essere ucciso, perciò doveva prenderla in ostaggio. L'intera Abbazia sarebbe finita in subbuglio, loro due si sarebbero ritrovati di nuovo fuori al gelo e lei era appena tornata.

Era così sbagliato per lei desiderare di sedersi? Non le sembrava. Guardò la psiche dell'uomo vicino a lei: era un'ombra a forma di lupo sdraiato sulle zampe, tutta la sua attenzione rivolta a lei. Il lupo era bello. Una creatura pericolosa, ma perfettamente naturale. Lily continuò a cercare il mostro in lui, ma il mostro non era lì.

Si lasciò andare a un sospiro pesante e si rassegnò, poi sedette accanto a lui e piegò le gambe sotto di sé. «Cosa stai facendo?»

«Ti ho portato i tuoi doni.» Aprendo la borsa, Wulf tirò

fuori le barrette di cioccolato e la lattina di *Chef Boyardee*, insieme ai barattolini di caviale e il pane salato. «Ho portato anche del cibo per me. Arrampicarsi in mezzo al freddo è un lavoro che mette appetito.»

Si era presentato a un litigio con dei regali. Oh, cielo. Cosa stava provando? Esasperazione? Divertimento? Cosa? Lily allargò le braccia e si lasciò cadere indietro sui cuscini. «Presto sarà notte. Devi andare, Wulf.»

Lui sollevò un sopracciglio. «Oh, non posso andare là fuori con quella tempesta. Tentare la discesa al buio significa morte certa. Credo di dover restare fino al mattino.»

Stava mentendo senza ritegno. Doveva saperlo che lei poteva percepirlo.

Lily guardò di sottecchi il suo viso, che rimase di profilo. Non l'aveva ancora guardata. Era strano che un confine tanto effimero potesse impedirgli di agire, lui che aveva abbattuto ogni ostacolo. Doveva esserci una ragione particolare dietro a quel comportamento, qualcosa che lei non riusciva ad afferrare.

«Lo sai che posso dire con certezza che stai mentendo, vero?» gli fece presente.

Gli angoli della bocca di Wulf si piegarono in un sorriso. «Hai già dimostrato che non vuoi farmi del male, perciò dobbiamo trovare il modo di convivere per un po'.»

Gli lanciò un'occhiataccia. «Hai un piano per fare in modo che la tua strega ti renda invisibile quando te ne andrai?»

Wulf alzò le spalle. «Credo di conoscere qualcuno che accetterà di aiutarmi.»

Era un uomo impossibile. Non poteva lanciarlo dalla finestra. Ma lei comunque non avrebbe chiesto aiuto. Se lui avesse cercato di andarsene durante il giorno, l'avrebbero visto senza l'incantesimo di invisibilità. E se lei non avesse acconsentito ad aiutarlo, sarebbe rimasto bloccato nella sua torre fino alla notte successiva.

Era ovvio che lo avrebbe aiutato. Non poteva restare a guardarlo farsi ammazzare senza fare nulla, e lui lo sapeva. Tra l'altro, poteva essere l'unico modo che aveva di sbarazzarsi di lui.

Mentre Lily esaminava la situazione, Wulf disse con gentilezza: «Non ci pensare per ora. Prenditi una pausa da tutti i demoni che ti opprimono. Qual è la tua opinione definitiva sul caviale? Sì o no?»

«No,» rispose lei, premendosi la radice del naso.

«Perfetto. Ne resta di più per me.» Wulf mise da parte il caviale. «E ora, vediamo questo *Chef Boyardee*. Mi devi un favore per questo.»

«Che vuoi dire?» Lily sbuffò. «Non ti devo nulla.»

Il sorriso dell'uomo si allargò. Allungando una mano dietro di sé, il suo ospite le fece dondolare il barattolo davanti agli occhi. «Cosa decidi? Lo vuoi? Sì o no?»

Accidenti, certo che sì. Non aveva mangiato nulla da quando Gordon aveva portato la cena nella sua tenda ed era affamata. «Sì.»

«Allora mi devi raccontare come hai scoperto questo cibo della Terra e perché ti piace.» Si fermò un attimo. «Mi devi anche un assaggio così posso capire cos'ha di tanto buono.»

Va bene, alla fine l'aveva fregata. Rotolando su un fianco, Lily si mise a ridere. «Lo odierai. Tutti quanti lo odiano. Ha un sapore orrendo. Obiettivamente, lo ammetto anch'io. Non dovrebbe neppure essere chiamato cibo.»

«Adesso sono ancora più curioso di sentire la tua storia.» Usando un coltello, Wulf aprì la lattina forando più volte i lati del coperchio, fino a sollevarlo e piegarlo indietro. Con cautela, ne ispezionò il contenuto arancione e lo annusò.

Ridendo forte, Lily si sollevò a sedere e stese la mano verso di lui. «Dallo a me. E smettila di evitare così tanto di guardarmi. È tutto a posto ora.» Poi aggiunse in fretta: «Ma non va bene che tu sia qui.»

«Lo so molto bene, Lily.» Girò la testa, la guardò negli occhi e sorrise. «Eppure siamo seduti qui insieme. Propongo di ricavare il meglio da questa situazione.»

Capitolo Otto

S I SUPPONEVA CHE dovesse essere brutale e prepotente, non affascinante e disinteressato. In quel momento, non stava affatto dimostrando di avere quella reputazione.

L'intensità del suo sguardo era incredibilmente profonda. Lily si allungò per prendere il coltello e lui la lasciò fare. «Dovrebbe essere scaldato, ma a me piace anche freddo.»

Usando la punta del coltello, pescò un raviolo dalla lattina e lo mangiò con soddisfazione mentre lui continuava a guardarla sorridendo.

Quando lei degluti, Wulf le passò con gentilezza il pollice sull'angolo della bocca e poi leccò il polpastrello.

Benedetti gli dèi. Lily sentì il calore affluirle alle guance.

Lui sorrise. «Raccontami la tua storia.»

Lily sondò il contenuto del barattolo metallico. «Non sono di Ys. Vivevo in un posto chiamato Indiana del Sud.»

Wulf rimase perplesso a quell'informazione, poi disse: «La lingua sul barattolo è Inglese.»

«Sì, l'Indiana è negli Stati Uniti, nel Nord America.»

Aprendo un barattolino di caviale e un pacchetto di pane salato, Wulf intinse l'angolo di un cracker nel barattolino e poi se lo mise in bocca. «Deve essere stato un viaggio incredibile. Ys non ha nessun passaggio interdimensionale per l'America,» disse, masticando il boccone.

«No, tutti i nostri passaggi sono collegati all'Europa.» Lily spostò lo sguardo sulle fiamme vivaci che danzavano nel camino. Come poteva raccontare quella storia con poche parole? «La mia infanzia è stata… complicata. Quando ero piccola, eravamo poveri e vivevamo in una piccola città. Mia madre beveva e gli uomini andavano e venivano da casa nostra, finché uno di loro è rimasto. Preparava metanfetamina, una droga illegale che dà molta dipendenza.»

Mentre Lily parlava, Wulf perse la sottile giocosità mostrata fino a quel momento, e la scrutò con attenzione. «Non sembra un buon ambiente per crescere un bambino.»

«No,» confermò Lily. «Per fortuna ero troppo piccola per capire. Quando l'Abbazia mi ha accolta, le sacerdotesse hanno usato la magia per scoprire da dove venivo e cosa mi era accaduto. Sono sicura di aver respirato sostanze chimiche che non avrei dovuto neppure vedere da lontano, ed ero abbandonata a me stessa, ma non lo capivo fino in fondo, sai? Ricordo che tra i miei cibi preferiti c'era lo *Chef Boyardee* e un pacchetto di M&M's, una specie di caramelle al cioccolato, come dessert. A volte, mi piace ancora mangiarli.»

Wulf le spostò una ciocca di capelli dietro l'orecchio. «Come hai fatto ad arrivare qui dall'America?»

Lily si lasciò andare a un sospiro. «Camael mi ha condotta qui. Ero una bambina strana, e… Diciamo che vedevo cose che non esistevano fisicamente. Mi succede ancora.»

Lui fece una faccia perplessa. «Tua madre non ha mai verificato che fosse magia?»

«Non credo fosse così interessata a me,» rispose la giovane con sarcasmo. «A ogni modo, una notte la figura splendente di una donna è entrata in camera mia. Mi ha baciata sulla fronte e mi ha detto: "Vieni con me, piccola mia." Era così bella, e io ero così eccitata che le ho chiesto se sarebbe diventata la mia nuova mamma. "Lo sarò, in un certo qual modo. Ma dovrai essere coraggiosa come un leone e fare ciò che ti dirò," mi ha risposto. Così ho fatto. Ho preso il mio cuscino e il mio coniglietto di pezza, poi sono uscita da quella casa.»

«Quanti anni avevi?» Wulf le tolse la lattina dalle mani, ne tirò fuori un raviolo e lo mangiò.

Ridendo alla faccia che fece, Lily replicò: «Avevo tre anni. Una volta fuori, la figura splendente non c'era più, ma io potevo sentire la sua voce e quando mi dava delle spintarelle. La nostra casa si trovava al limitare della città e lei mi ha guidato nel bosco: ho superato le rovine di un edificio, poi ho continuato lungo un ruscello e, mentre camminavo, tutto intorno a me prese a cambiare. All'improvviso si era fatto giorno, ed ero in un campo, mentre il ruscello e le rovine erano scomparsi. Avevo attraversato un passaggio interdimensionale.»

Per tutta quella parte della storia, gli occhi di Wulf non avevano mai abbandonato il viso di lei. «Eri spaventata?»

Scrollando le spalle, affermò: «Certo, un paio di volte. Ma all'inizio ero troppo felice di raggiungere la mia nuova casa e la nuova mamma. Poi avevo iniziato ad annoiarmi. Alla fine credo di essermi abituata. Quando mi trovarono, pare che avessi vagato per la campagna per più di un mese.»

«Questa storia è incredibile. Davvero avevi tre anni?» Wulf scosse la testa. «È un miracolo che tu sia sopravvissuta. Cosa hai mangiato?»

Lily si riappropriò del barattolo dello *Chef Boyardee*. «Mi sono sfamata con i funghi e le bacche che la dea mi diceva di mangiare, e ho bevuto alle fonti che lei mi indicava. Avevo il mio coniglio e il cuscino, ho dormito nei boschi.»

Lui sospirò incredulo. «Nessuno può sopravvivere con bacche e funghi per un mese, figuriamoci una bambina così piccola.»

Lily rise. «Lo so, è pazzesco, vero? Mi dissero che ero in ottime condizioni pur avendo affrontato tutto quello: i miei denti erano perfetti, ero forte e sana, e molto, molto sporca.»

«Eri in Ys.»

«Sì, ero in Ys.» Raschiando i lati della lattina col coltello, la giovane leccò con attenzione la salsa che aveva recuperato con la lama. «Visto che l'apparizione di un nuovo portale è un evento molto importante, Raella inviò delle sacerdotesse a verificare personalmente tutto. Interrogarono tutta la gente della città e cercarono per dieci miglia in ogni direzione.» Fece una piccola pausa. «Trovarono il ruscello e le rovine, scoprendo che un tempo erano state un tribunale, ma non c'era alcuna traccia del passaggio. La casa dove avevo vissuto era stata distrutta da un incendio, scoppiato una mattina all'alba. Il fuoco aveva ucciso mia madre e il suo fidanzato nel sonno, ma non fu mai trovato il corpo di un bambino. È tutto ciò che so. L'Abbazia mi ha accolto e sono qui da allora.»

Mise la lattina vuota da una parte ed evitò di guardare Wulf in faccia. La costernazione e lo stupore che aveva visto sui volti delle persone che sentivano la sua storia erano reazioni comprensibili, ma la facevano sentire molto sola. Non voleva vedere quelle cose nei suoi occhi.

Dita lunghe e sottili le sollevarono il mento e la convinsero a guardarlo. Innervosita, Lily lo assecondò. E va bene. Quello che Wulf provava per lei in quel momento non aveva alcuna importanza.

Ma ciò che vide nel suo sguardo spazzò via ogni

irritazione. Gli occhi di Wulf erano pieni di... ammirazione? Rispetto? «Sono più che onorato di aver incontrato quella bambina coraggiosa.»

Era una cosa davvero sciocca da dire. Lily non aveva alcun motivo di sentirsi toccare l'anima e scaldare il cuore a quelle parole. «Quella bambina è scomparsa ventiquattro anni fa.»

«Non è affatto sparita. Vive ancora dentro di te, hai il suo coraggio e il suo potere.» Wulf le accarezzò una guancia. «Il mio esploratore mi ha riferito che, quando era qui, ha sentito le persone parlare della nuova Prescelta. Dicevano che era gentile e premurosa e una persona lungimirante, nel vero senso della parola. La tua gente ti ama.»

Nonostante le dure parole che aveva scambiato con Gennita, Lily sapeva che era vero. La sua gente la amava. Quelli che aveva mandato là fuori a combattere e morire, l'amavano. Il viso di Wulf sparì dietro la nebbia.

«Non permettere ai demoni di tornare, Lily,» lo sentì dire.

La giovane dovette stringere forte le labbra prima di poter sussurrare: «Ho inviato delle persone a combattere oggi. Ho ordinato a degli amici di combattere, e alcuni di loro non torneranno.»

Un lungo silenzio accolse quelle parole. «Era la prima volta?»

Annuendo, si asciugò le lacrime che erano tornate a cadere. «Come ho detto, è un mio problema. Ma oggi è stata una giornata dura.»

Posandole una mano sul collo, le baciò la fronte. La bocca di Wulf era calda e ferma. «In caso te lo sia chiesto, no, non diventerà più facile. Dovrai trovare un modo per superarlo.»

«Lo so. E dovrei trovare anche un modo di gestire meglio l'opposizione e i conflitti. Prima ho avuto una brutta discussione con una delle sacerdotesse più anziane del consiglio. Dubito che il nostro rapporto tornerà quello di un tempo.»

Come se parlasse tra sé, Wulf mormorò: «Non mi permetterai di intervenire e risolvere tutti i tuoi problemi, vero?»

Mettendolo rapidamente a fuoco, Lily incontrò i suoi occhi. «Tu che ne dici?»

Lui ridacchiò. «Credo di aver sbattuto contro un altro di quei confini.» Si mise a riflettere per un istante, poi proseguì: «Non posso risolvere i problemi al posto tuo, ma sono stato al comando per molto più tempo di te. Se posso offrirti un piccolo consiglio, non essere troppo gentile domani. Discussioni e disaccordi sono una cosa, ma non permettere a nessuno di mettere in dubbio la tua autorità o di non mostrarti rispetto. Tu sei al comando, non loro.»

Lily gemette e si prese il viso tra le mani, dandosi uno schiaffetto sulle guance. «È stata una delle mie insegnanti. Le sedevo sulle ginocchia per ascoltare le sue storie.»

«Povera Lily.» Le accarezzò la schiena. «Hai ancora bisogno di sederti sulle sue ginocchia per farti raccontare le storie?»

«Cosa?» La giovane si raddrizzò e gli lanciò un'occhiataccia. «No!»

WULF ADORAVA VEDERE come gli occhi di lei mandassero scintille, tanto da essere tentato di punzecchiarla senza tregua. Ma dietro quei lampi infuocati c'era una vera stanchezza, le profonde occhiaie ne erano segno evidente.

Perciò decise di ignorare quell'impulso. «Sembra che tu sappia che le cose sono cambiate. Anche se non mi hai raccontato cosa vi siete dette, credo che anche lei dovrebbe ricordarsi che non sei più una bambina.»

Gli angoli della bocca di Lily si piegarono. «Ci penserò.»

«Bene.» Era ancora affamato. Visto che lei non aveva più bisogno del coltello per mangiare quel pessimo cibo arancione, lo usò per spalmare altro caviale sul pane salato e si mise a mangiare. «Non pensare a me. Fatti sotto col cioccolato e prendine quanto ne vuoi.»

Si era preparato a un altro scontro ma, quella volta, lei lo sorprese quando si allungò per prendere la barretta. «Hai distrutto la mia integrità. Non me ne scorderò.»

Diede un colpetto con la sua spalla a quella di lei. «Nessuno saprà mai del cioccolato e di quell'altra roba arancione. Il tuo segreto è al sicuro con me.»

Rivolgendogli un sorriso storto, Lily ruppe la barretta in vari pezzi. «Abbiamo parlato anche troppo di me. Che mi dici di te? Com'è stata la tua infanzia?»

«La mia è stata tranquilla e senza complicazioni. Niente crudeltà, nè comportamenti illegali, niente scomparsa attraverso passaggi interdimensionali. Ho vagabondato spingendomi un po' troppo in là a volte, sono stato viziato da tutti e il mio coprifuoco era il brontolio del mio stomaco. Ero sempre a casa per cena.»

«Tua madre era la signora di Braugne, giusto?»

«Esatto.» Una volta finito il caviale, mangiò il resto dei cracker salati, poi si guardò intorno triste. Era ancora affamato. «Il suo primo marito morì dopo la nascita di Kris. Qualche anno più tardi, si risposò e diede alla luce me. Non me ne importava un accidenti di governare Braugne.»

Ed era ancora così. Ora voleva governare su tutta Ys.

Lily esitò, poi gli chiese: «Sei davvero sicuro che Varian abbia ucciso tuo fratello… Hai delle prove?»

Invece di risponderle subito, si distese all'indietro appoggiandosi su un gomito e la guardò come se la stesse ammirando. Facendo spazio intorno a sé, Lily si sistemò di fronte a lui e si distese su un fianco, appoggiando la testa sul palmo di una mano.

Il bagliore del fuoco nel camino rendeva la sua pelle dorata. La prima volta, non l'aveva notata nel gruppo sul molo. Tutta la sua attenzione era rivolta alla donna avvenente e fiera che ricopriva la carica di primo ministro.

Poi, gradualmente, Lily aveva catturato la sua attenzione sempre di più, e ora non riusciva più a smettere di guardarla.

Non riusciva a credere a quanto fosse bella, e a quanto fosse complesso il sottile gioco delle sue espressioni. E non riusciva a smettere di toccarla.

Prendendole la mano libera, si mise a giocherellare con le sue dita. «Braugne è sempre stato un regno povero. Il nostro paese è montuoso, splendido e implacabile. Abbiamo le nostre case e possiamo provvedere al nostro stesso sostentamento, abbiamo le capre e le pecore più forti che un contadino potrebbe mai desiderare, ma a tutt'oggi, i nostri prodotti più esportati sono stati il ferro, un po' di rame e il sale estratto dalle miniere.»

Anche lei si mise a giocherellare con le dita di Wulf. Fu un piccolissimo gesto di intimità, ma il tocco di lei gli fece scorrere un getto di fuoco liquido nelle vene.

«Questo è il massimo che conosco di Braugne,» ammise Lily.

«Non abbiamo accesso ai vantaggi che un passaggio può dare a un regno. Neppure Karre o Mignez. Quei vantaggi sono stati goduti soprattutto da Guerlan, Calles e Chivres.

Non solo i portali sono fisicamente molto distanti e impossibili da raggiungere per noi, ma sono anche state messe delle tasse per il loro uso.»

Lily aggrottò la fronte. «Non avevo mai preso in considerazione questa ingiustizia. A volte vorrei parlare delle possibili soluzioni per poter cambiare questa situazione.»

Che gli dèi la benedicessero. Fu così felice di sentirglielo dire che quasi la baciò.

Anche lui aveva intenzione di cambiare quella condizione, di eliminare alcuni privilegi dei paesi più ricchi per dare ai più poveri maggiori opportunità. Lei aveva avuto ragione. Wulf aveva l'anima del conquistatore e la spinta interiore determinante per la vittoria.

Ma era riluttante a portare la conversazione su quell'argomento, e non voleva innervosirla. Voleva prolungare quella conversazione tranquilla e personale.

Perciò, per il momento, decise di essere diplomatico e si premette le dita di Lily sulle labbra. «Mi piacerebbe. Ma, per tornare alla tua domanda, l'anno scorso Varian ha trattato con mio fratello. Gli ha proposto un accordo per dare in affitto a Guerlan varie migliaia di ettari di terreno, per cento anni. Il delegato di Varian ha detto che era a scopo di caccia. Il suo re era impaziente di cimentarsi nelle ampie e magnifiche sfide che Braugne poteva offrire con la caccia ai cinghiali, ai leoni di montagna e ai draghi del fuoco.»

Lily sollevò stupita le sopracciglia mentre rifletteva su quell'affermazione. «I draghi del fuoco sono difficili da uccidere?»

«Estremamente. I loro corpi sono delle dimensioni di un grande mastino, senza contare la coda, e hanno dei denti lunghi quasi quanto la mia mano.»

Lo guardò incuriosita. «Davvero sputano fuoco?»

«La loro saliva brucia come il fuoco, ma è più come un acido che divora la carne fino all'osso, se gli permetti di colpirti. Sono anche intelligenti come gatti selvatici, e molto veloci, quindi cacciarli non è una cosa priva di rischi, ma sembrava che Varian fosse ansioso di provare. Kris gli ha risposto che si sarebbe preso l'inverno come tempo necessario a valutare la proposta. Firmare un contratto d'affitto per cento anni non è una decisione da prendere alla leggera. Inoltre c'era qualcosa che non lo convinceva. Perché cento anni? Varian ne ha trentacinque. Tra quaranta o cinquant'anni, non sarà più in grado di cacciare nulla. Tuttavia, il denaro tentava mio fratello. Avremmo potuto fare molte cose con quella somma.»

«Immagino che la storia finisca male,» borbottò Lily.

Wulf strinse la sua mano. «Gli eventi sono precipitati dopo un po', ma quasi subito c'è stata una svolta nella storia. Mentre Kris rifletteva sull'accordo, il delegato di Varian era rimasto ospite della nostra corte per l'inverno. Era un uomo divertente, affascinante e persuasivo, eppure perché cento anni? Perché poi proprio quella zona? L'unica cosa che c'era di buono in quel posto era una miniera di sale che tutti sapevano essere quasi esaurita. Perciò Kris mi ha dato l'incarico di scoprire perché.»

«E ci sei riuscito?»

Wulf tornò con la memoria alla lunga e scrupolosa ricerca. Far pedinare il delegato di Varian, intercettarne i messaggi, scoprire, un passo alla volta, una rete di spie di Guerlan che si era insinuata nel regno, e il crescere lento della rabbia incredula nei confronti di ciò che scopriva.

«Io e il mio gruppo ci abbiamo messo dei mesi, ma ce l'abbiamo fatta,» le rispose. «Negli ultimi dieci anni, senza farsi notare, Varian aveva insinuato la sua presenza nelle nostre città minerarie per spiare le nostre esplorazioni. È venuto fuori che la miniera che si trovava nel territorio che lui voleva affittare aveva quasi esaurito il sale, cosa che tutti già sapevano. Ma la vera novità era che i minatori avevano trovato un filone d'oro.»

Capitolo Nove

L ILY SI RADDRIZZÒ. «E tu non lo sapevi.»

«Esatto. Varian aveva corrotto uno dei gestori della miniera, che gli passava le informazioni. L'operaio che aveva fatto la scoperta era morto a seguito di una caduta e la sua morte era stata attribuita a un incidente, inoltre la città era stata già semi-abbandonata dalla gente in cerca di opportunità migliori in altri posti. Se Kris avesse firmato quel contratto, tutti i ricavi di quella miniera sarebbero stati di Guerlan per cento anni.»

L'indignazione attraversò il viso di Lily. «Cosa è accaduto dopo?»

«Kris ha perso la pazienza.» Wulf si mise a sedere, incrociando le braccia sopra le ginocchia sollevate. «Ero stato al comando del suo esercito per diversi anni, ma ha insistito per andare personalmente a interrogare il gestore della miniera con un gruppetto di uomini. Il mio compito era finire di smascherare tutte le spie di Guerlan nei nostri siti minerari. Ha lasciato la capitale poco prima che arrivasse il pieno dell'estate. È stata l'ultima volta che l'ho visto vivo, non sono tornati neppure gli uomini che erano andati con lui. Abbiamo recuperato la maggior parte dei corpi, ma non abbiamo ancora trovato Kris.»

Lily gli toccò la mano. «Posso sentire quanto amavi tuo fratello anche solo da come ne parli. Sai cosa ha causato la valanga?»

«Abbiamo trovato residui di olio, e le mie streghe hanno detto che era mischiato a una sorta di composto magico. E ho molte prove schiaccianti che Varian stesse spiando Braugne da anni e stesse cospirando per rubarci le risorse.» Wulf serrò le mani a pugno e, ringhiando, aggiunse: «Perciò, sì, ho molte ragioni per marciare su Guerlan, e voglio infilare le prove nella gola di Varian appena riuscirò a mettergli le mani addosso.»

«Capisco.» Lily fece per dire qualcos'altro, ma fu interrotta dal bussare alla sua porta. Si bloccò e fissò Wulf.

Bussarono di nuovo e Lily sobbalzò.

Dopo un attimo di tensione, Wulf si rilassò e aprì le mani. Si era preso un rischio, andando lì, e ora doveva affrontarlo. Doveva avere fiducia in lei.

«Devi rispondere,» le suggerì. «Altrimenti, si spaventeranno e butteranno giù la porta.»

Come se le avesse acceso il fuoco sotto i piedi, Lily saltò su. «Un momento. Arrivo!» urlò. Lanciò un'occhiata agli incarti del cioccolato, al barattolo metallico e ai contenitori sparsi sul pavimento e si mise le mani nei capelli. Poi si voltò a guardare l'equipaggiamento di Wulf vicino al muro. Indicandogli una porta aperta, gli sibilò: «Svelto! Prendi le tue cose e va' nella mia camera da letto!»

Mentre lui si dava da fare, represse un sorriso. Sì, poteva essere stato un rischio, ma aveva sempre saputo di poter contare su di lei. Raccolse le sue cose e attraversò rapido la porta che conduceva nella stanza buia, scivolò piano lungo un muro fino a raggiungere un punto da cui poteva sentire tutto.

Udì il legno grattare quando Lily tolse la sbarra alla porta e l'aprì. «Cosa c'è, Margot?»

Ah, l'irritante primo ministro della Prescelta. Wulf si grattò il mento col dorso di una mano. Quella era proprio una stronza di prima categoria.

«Non sei scesa per la cena, quindi sono venuta a vedere come stai,» le rispose Margot. «Tesoro, hai pianto?»

«Sì,» confessò Lily. «E, no, non ne voglio parlare adesso.»

«Sei sicura? Sono qui se hai bisogno di me.»

«So che ci sei.» La voce della giovane divenne affettuosa. «E questo significa molto per me. Ma ora ho solo bisogno di stare per conto mio. È dura aspettare, lo sai?»

«Lo so.» Il tono di Margot era serio. «Posso almeno farti mandare un vassoio con la cena?»

«Non stasera. Ho fatto uno spuntino, perciò non sono affamata.» Poi aggiunse con voce ferma: «Grazie per essere venuta a controllare. Ci vediamo domani.»

«Va bene.» Quando Wulf non sentì il rumore della porta che si chiudeva, poté avvertire che Margot indugiava, riluttante ad andarsene. «Buona notte, Lily. Cerca di dormire.»

«Anche tu.»

Ci fu un frusciare di vestiti poi, finalmente, a Wulf arrivò il suono di una porta chiusa seguito da quello della sbarra che cadeva in posizione.

Uscì fuori dalla stanza e vide Lily appoggiata alla porta con la fronte premuta sul legno, le spalle basse. Sembrava così depressa che posò da una parte il suo equipaggiamento, la raggiunse a grandi passi e l'attirò tra le sue braccia.

Margot non era l'unica stronza di prima categoria. Anche lui lo era.

Era andato da lei per litigare, ma c'erano anche altre ragioni che l'avevano spinto a raggiungerla. Voleva finire quella conversazione iniziata nella sua tenda. Voleva sedurla perché *non stava a lei* lasciarlo. *Lui* l'avrebbe lasciata una volta finito con lei.

Solo che ora non poteva. Riconobbe tutti i segnali che gli dicevano che, se avesse insistito, l'avrebbe avuta per quella notte. All'inizio Lily si era irrigidita, ma poi si era abbandonata alla sua presa e gli aveva appoggiato la testa sulla spalla: la fiducia che quel gesto esprimeva lo legò a lei molto più irrevocabilmente di qualsiasi altro confine invisibile.

Se in quel momento le avesse fatto pressione, lei avrebbe ceduto, ma il cuore e la mente della giovane erano così occupati da altri problemi che poi, dopo, lui avrebbe rischiato di perderla e, se l'avesse persa, se lo sarebbe meritato. Inoltre non voleva essere egoista.

«Non posso risolvere tutti i tuoi problemi. Non posso rendere le cose migliori. Non ho potuto salvare quella città mineraria. Non ho potuto proteggere mio fratello, e non ho intenzione di fermarmi. Ma, se me lo permetti, posso abbracciarti ancora un po'. Sarei molto felice di farlo,» le disse tra i capelli.

Lentamente, le braccia di Lily circondarono la vita di Wulf. Lui ne fu ferocemente felice, sentendosi orgoglioso di come ora lei si appoggiasse a lui e determinato a essere degno della sua fiducia.

«Ne sarei felice anch'io,» bisbigliò la giovane.

La condusse verso un salottino, la tirò a sedere sul divano e, quando lei gli fu accanto, la prese nuovamente tra le braccia. Esitanti, esplorarono quella nuova e sconosciuta situazione, il corpo sottile di lei adagiato in modo perfetto contro quello più grande di lui, la testa di Lily posata sulla spalla di Wulf, che a sua volta teneva la guancia appoggiata sulla testa della giovane.

Mentre si sistemavano sul divano, accadde qualcosa a Wulf, qualcosa che non si sarebbe mai aspettato. Per molto tempo, aveva dimorato in lui una rabbia dura e fredda che gli aveva formato un nodo dentro al petto. Era cresciuto con quell'emozione, ma solo ora che il suo cuore si era scaldato e la rabbia si era trasformata in qualcosa di molto simile al conforto, fu in grado di riconoscerla per ciò che era.

Dannazione. Era lui che voleva confortare lei. Invece i ruoli si erano capovolti, era lei che stava confortando lui. Ricordò la nausea che aveva provato quando aveva capito che Kris era morto, il pensiero di non aver ritrovato il suo corpo, e gli si inumidirono gli occhi.

Strinse le braccia attorno a Lily e, tenendola ancora più vicina, insieme si misero a guardare le fiamme che guizzavano nel camino. Dopo un po', si accorse che non c'era legna da ardere nella stanza. Nessuno di loro due aveva fatto nulla per alimentare il fuoco, eppure quello continuava a fiammeggiare come se fosse stato appena acceso e i ciocchi che stavano bruciando sembravano ancora freschi.

Era un altro dei molti miracoli che aleggiavano attorno a Lily, come lucciole che brillano nella notte, e per la prima volta nella sua vita Wulf pregò.

La voglio, disse a Camael, fissando con fierezza le fiamme. *In effetti, la desidero molto più di qualsiasi altra cosa abbia mai voluto nella mia vita. Potrà anche essere la vostra Prescelta, ma preparatevi a condividerla.*

Non fu certamente una delle preghiere più umili o rispettose mai pronunciate, Wulf non era certo un pellegrino. Lui era ciò che era.

La dea non rispose.

Era ovvio. Gli dèi non parlavano con lui.

Ma non era stato neppure incenerito da un fulmine. Dopo aver ascoltato a lungo la pacifica quiete intorno a sé, interrotta solo dallo scoppiettare del fuoco, considerò quel silenzio come una vittoria.

Lily si stiracchiò. «Quanto credi che dovremo aspettare prima di avere qualche novità?»

«Non c'è modo di saperlo, amore. Le avremo quando arriveranno.» Parlando, le premette le labbra sulla fronte. Poi aggiunse: «Se ti fa sentire meglio, sappi che ho inviato i miei migliori soldati in incognito con l'ordine di aiutare i tuoi se ne avessero avuto bisogno.»

Quando le spalle di Lily iniziarono a tremare, Wulf si allarmò, ma si accorse che stava ridendo. «Perché ne sono stupita?» ribatté lei. «Era ovvio che lo avresti fatto. Ottieni sempre ciò che vuoi?»

Wulf inclinò la testa e valutò la domanda. «Devo confessare di sì.»

Lily si mise dritta e lo fissò, gli occhi spalancati.

«Anche questo non dovrebbe essere una sorpresa per te, no?» le chiese, confuso da quella reazione.

«No.» Lei gli rivolse un sorriso dolce e misterioso. «Suppongo di no.»

Wulf le toccò una guancia. «Vorrei restare, ma è meglio che vada. Hai bisogno di un vero riposo, e io non dovrei essere qui.»

«Questa è la decisione più sensata che tu abbia preso in tutta la serata.» Lo guardò preoccupata. «Sei sicuro di riuscire ad affrontare la discesa e a percorrere lo stretto di notte?»

Wulf roteò gli occhi. «Non parlarmi della traversata.»

Lily si mise a ridere un'altra volta. «Va bene, dimentica il mare. Sei sicuro di riuscire a fare quella discesa al buio?»

«Ho lasciato i chiodi nella roccia. La discesa sarà più

facile della salita.» Le sorrise. «Perché me lo chiedi, ti preoccupi per me?»

«Forse… un pochino.» Lo seguì mentre raccoglieva il suo equipaggiamento e si dirigeva alla finestra rotta. «Forse non voglio guardare fuori dalla finestra domattina e vedere il tuo corpo penzolare a un capo della corda.»

«Non ti preoccupare. Avrò freddo, ma sarò tutto intero.» Si fermò. Gli occhi di Lily erano cerchiati di rosso e su una guancia aveva il segno di una piega della sua casacca. Posò di nuovo tutte le sue cose, le prese il viso tra le mani e la baciò.

Quelle labbra morbide e delicate furono un altro miracolo. Lei ricambiò il bacio, e anche quello fu un miracolo.

«Dopo che avrò reso giustizia a mio fratello, prenderò il controllo di Ys e lo renderò un posto migliore. Ho già stipulato dei patti con Karre e Mignez. Giusto per essere chiari,» le sussurrò contro la bocca.

Quando alzò la testa, lei lo fissò dubbiosa. «Ah, sì?»

Lily sembrava così perplessa che lui dovette baciarla di nuovo.

Avrebbe potuto dirle *Mi prenderò anche te e ti terrò solo per me.*

Avrebbe potuto, ma non lo fece. Alcune conquiste andavano fatte in modo strategico e attento.

«Dormi un po', tesoro,» si limitò a risponderle. «Molto presto parleremo di nuovo.»

DOPO CHE EBBE lanciato un incantesimo di invisibilità su di lui e che Wulf si fu calato giù dalla finestra, Lily andò a letto.

Con sua grande sorpresa, dormì profondamente per una

manciata di ore ma poi, prima dell'alba, fu presa dall'irrequietezza. Spinta dalla tensione che le aveva irrigidito il corpo, si alzò, si lavò e si vestì per affrontare quella giornata, poi lasciò la torre.

Giù nelle cucine, avevano appena iniziato a cucinare, ma quando lei apparve, il capocuoco fu onorato di prepararle una colazione composta da uova strapazzate, pane imburrato e del tè dolce e bollente.

Dopo il pasto, l'irrequietezza peggiorò. Lily salì nel suo ufficio, accese il fuoco e si mise a rispondere ad alcune lettere. Quando la sua segretaria, Prem, apparve, le sorrise e le disse: «Buongiorno. Per favore, fa' venire subito qui Gennita.»

«Sì, vostra grazia.» Prem ricambiò il sorriso e si allontanò rapida.

I dieci minuti d'attesa successivi passarono così lentamente che poté quasi sentire gli ingranaggi del tempo sfregare l'uno contro l'altro. Era tesa e pronta a scattare come una molla. Il suo cuore batteva all'impazzata e un sottile strato di sudore le inumidiva il retro del collo.

Cosa c'era che non andava? Non era ansiosa di affrontare quell'incontro, ma non ne era così preoccupata da giustificare una simile reazione fisica. Si sforzò di rispondere a un'altra lettera.

Finalmente Gennita apparve sulla soglia accompagnata da Prem, quindi Lily si rivolse alla segretaria: «È tutto, per ora.» Poi fece cenno alla sacerdotessa più anziana. «Prego, entra, e se vuoi essere così gentile da chiudere la porta.»

«Certamente, vostra grazia.» Gennita le rivolse un sorriso forzato. Dopo aver chiuso la porta, si voltò e le disse: «Immagino che questa convocazione sia per la discussione di ieri.»

Lily rimase seduta. «Non abbiamo avuto una discussione,» precisò. «Abbiamo avuto un litigio. Sei stata inappropriata e hai lanciato delle accuse.»

Accuse che l'avevano ferita molto. Ma no. Non doveva parlare di sentimenti.

La donna si irrigidì. «*Vostra grazia*, non mi piace essere rimproverata come se fossi una scolaretta maleducata.»

«Lo stesso vale per me.» Lily si fermò per lasciare che le sue parole fredde raggiungessero il bersaglio. «Per l'affetto e il rispetto che nutro per te, sto per darti un'opportunità, Gennita. C'è un magnifico incarico a Karre che aspetta la giusta sacerdotessa e la sua famiglia. Lì danno un grande valore al lavoro che fanno le sacerdotesse di Camael. Tu possiedi le doti di guaritrice di cui loro hanno esattamente bisogno. Ti metteranno a disposizione una grande e confortevole casa con dei bellissimi giardini, tuo marito li amerà; inoltre il tempio è ben tenuto. Il compenso sembra davvero soddisfacente. Potresti avere una vita felice lì, se lo vuoi.»

Mentre Lily parlava, gli occhi dell'altra si riempirono di lacrime e sembrò molto scossa. «Abbiamo vissuto qui per venti anni. I miei nipoti sono qui. E voi mi state ordinando di andare a Karre, abbandonando la mia famiglia?»

«No,» le rispose con fermezza Lily. «Ti sto offrendo una scelta, e ti do un giorno per pensarci. Puoi vedere come va a Karre o puoi rimanere qui. Ma, se resti, devi rispettare le nuove regole che ho posto. C'è un momento giusto per discutere, e c'è un modo giusto di dissentire. Affrontarmi nel mio ufficio, ignorarmi quando ti dico di fermarti e scagliarmi contro delle accuse che mi hanno ferita non sono comportamenti ulteriormente tollerabili. Sono stata chiara?»

«Sì, vostra grazia,» mormorò Gennita.

Sembrava così infelice che Lily decise di alzarsi dalla scrivania e andarle incontro. Prese le mani di Gennita tra le sue, le strinse e disse con calma: «Adesso la vita sembra spaventosa. L'Abbazia potrebbe prosperare o fallire a causa delle scelte che devo fare e, se pensi che io non ne sia consapevole in ogni momento di ogni singolo giorno, ti sbagli di grosso. Ma devi ricordare che la dea mi ha scelta, e che sono io che devo prendere le decisioni al meglio delle mie capacità.»

«So che il vostro ruolo è duro.» Gennita parlò con voce strozzata. «Raella non riusciva a dormire per notti intere, pensando alle cose che doveva fare.»

Lily fece un respiro profondo. «Sono sicura che il fatto che vediamo le cose in modo diverso non ci aiuta. Io non considero le informazioni che ho come faresti tu, e capisco che a volte la cosa può essere allarmante e inspiegabile. Se senti che devi andare, sappi che mi mancherai. Ma, se resti e ti comporti come ieri sera, renderò quell'incarico un ordine definitivo.»

«Ho capito.»

Lily tornò alla scrivania, prese la richiesta scritta inviata da Karre e la passò a Gennita. «Perché non leggi i dettagli della richiesta insieme a tuo marito? Fammi sapere entro domani pomeriggio se vuoi accettare.»

Ora l'altra donna era più calma e prese la lettera. «Grazie, Lily. Vedo con quanta cura e attenzione hai scelto questa opportunità. Hai anche pensato all'amore di Edward per il giardinaggio. Ti chiedo scusa per ieri. Non ho ben valutato le mie parole.»

«Scuse accettate,» rispose Lily. «Ora, se non ti dispiace, come puoi vedere, la mia scrivania è messa peggio del solito.»

«Certamente.» Gennita esitò, lanciò un'occhiata alla scrivania di Lily e poi le rivolse un sorriso incerto. «Se permetti un piccolo suggerimento…»

Lily chiamò a sé la poca pazienza rimastale. «Cosa c'è?»

«Prendi un'altra segretaria. Prem è magnifica, ma non penso sia adatta a gestire alcuni dei compiti più difficili, che invece potresti delegare a qualcun altro. Dulcinda, forse, o magari Evie.» Gennita incontrò il suo sguardo. «Hai ragione, la vita ora fa un po' paura. Dovresti essere libera di concentrarti sulle decisioni più importanti, non sulle scartoffie.»

Lily sbatté le palpebre. «Grazie. Prenderò in seria considerazione le tue parole.»

Dopo che la donna fu uscita, Lily si guardò intorno fissando la stanza vuota. Si era aspettata la rabbia di Gennita nel ricevere un ultimatum, tuttavia la conversazione non era andata poi così male.

Anzi, era andata meglio di quanto aveva pensato. Gennita l'aveva perfino chiamata col suo nome.

Ma, invece di sentirsi sollevata, Lily si sentiva peggio che mai. Le mani le tremavano, il cuore correva come un cavallo impazzito e desiderò poter vomitare.

Sembrava proprio un attacco di panico in piena regola.

Si era sentita così quando Jada aveva calciato via il tavolo ed estratto il coltello, per poi scagliarsi su di lei. Era come se, anche in quel momento, su di lei pendesse una chiara e immediata minaccia. Ma non c'era nulla, niente di niente nel suo ufficio…

I particolari della stanza svanirono e Lily intravide frammenti di un'altra scena.

Alberi spogli per l'inverno, il terreno coperto di neve, il freddo che le mordeva i polmoni. Il rantolare di un cavallo in cerca d'aria. L'animale aveva corso per molto tempo.

Altre grida. *Correte più veloci!*

E: *Se andiamo più veloci di così, uccideremo Marcus!*

E una linea di alberi, proprio sotto a un crinale…

Soldati che uscivano dalla linea degli alberi: erano un numero infinito. Molti erano a cavallo e determinati a inseguirli.

Un dolore lancinante la scagliò nuovamente al suo posto nell'ufficio. Il gomito di Lily le doleva, insieme alla testa. Si sedette, disorientata; le ci volle un po' per capire che aveva perso l'equilibrio ed era caduta.

Si rese conto anche di un'altra cosa.

La dea non le aveva mai mandato visioni basate sul presente. Provenivano sempre da possibili conseguenze future.

Capitolo Dieci

LILY SALTÒ IN piedi e uscì di corsa dall'ufficio.

Nell'ufficio di Prem, che faceva da anticamera a quello della Prescelta, la segretaria era appollaiata su un angolo della sua scrivania e stava parlando con alcune delle adepte più anziane.

«Preparate la mia giacca invernale, il mantello e i guanti,» disse loro Lily. «Ho bisogno che guaritrici e Difensori mi raggiungano giù al porto. Adesso.» Poi, vedendo che le tre donne la fissavano imbambolate, urlò: «*Veloci!*»

Quello le spronò ad agire. Gli occhi spalancati, si sparpagliarono in direzioni diverse per eseguire gli ordini.

Lily corse veloce attraverso corridoi e cortili. La fretta le mise le ali ai piedi. Visto che tagliare attraverso il tempio era una buona scorciatoia, decise di passare di lì. Voci si alzarono dietro di lei, facendole domande ed esprimendo sorpresa.

«Vostra grazia, che succede?»

«Qualcosa non va?»

Poi, la voce di Margot alla fine di un corridoio: «Lily!»

Non si fermò a parlare con nessuno di loro. Nel momento in cui raggiunse le ampie scale che portavano alle grandi porte chiuse da cui si accedeva al porto, fu affiancata da tre Difensori.

Uno di loro, Justin, cercò di darle il suo mantello, ma lei

lo allontanò con impazienza. Gli altri due la raggiunsero mentre si precipitava giù per le scale e ordinava di aprire le porte. Insieme fissarono il mare congelato, un bianco candore che si espandeva fino alla terraferma.

«Non credo che potremo forzare il passaggio delle barche attraverso quel ghiaccio, vostra grazia,» le disse uno dei Difensori.

Lily si concentrò sulle sentinelle di Wulf appostate sulla terraferma, ma non poté comunicare con loro da tale distanza. L'unico modo per ottenere un aiuto per la sua gente era attraversare il mare.

Va', le sussurrò Camael.

Non dubitò neppure per un attimo. Non c'era tempo per una crisi spirituale.

Si mise a correre.

«Vostra grazia, aspettate… non abbiamo ancora verificato se il ghiaccio tenga!» le gridò dietro Justin. «Oh, porca miseria!»

Lily ignorò tutto: il vento che la sferzava, il freddo che le intorpidiva le mani e il viso e che le provocava fitte dolorose come stilettate al petto; corse più veloce che poté verso la costa. Wulf l'avrebbe aiutata. Doveva solo raggiungerlo.

A un certo punto, il piede le scivolò e sarebbe caduta malamente se due braccia forti non l'avessero afferrata. Guardandola con occhi preoccupati, Justin l'aiutò a rimettersi di nuovo in piedi.

Lily lanciò uno sguardo verso l'Abbazia e vide che altri Difensori li stavano seguendo. Quello fu tutto ciò che ebbe il tempo di notare, perché, non appena riguadagnò l'equilibrio, si mise di nuovo a correre.

Poi, sulla costa, vide radunarsi molti soldati. Alcuni scesero sul ghiaccio e corsero verso di lei. Uno di loro era

Wulf.

Era uno dei più veloci. Le sue gambe lunghe divorarono la distanza che li separava, e il suo corpo in movimento era un perfetto insieme di potenza e grazia. In vita sua Lily non si era mai sentita così felice di vedere qualcuno.

Appena i soldati si avvicinarono, Justin sfoderò la spada. Risparmiandogli uno sguardo irritato, Lily gli ordinò seccamente: «Fermo, maledizione!»

Parlare mentre correva fece protestare i suoi polmoni sfiniti. Dovette respirare con la bocca, ma l'aria secca e gelida colpì con forza la sua gola. Appena Wulf la raggiunse, Lily si piegò in avanti in preda a una tosse spasmodica.

Lui la afferrò per le braccia. «Che succede?»

L'unico modo con cui poteva comunicare era la telepatia. *Abbiamo bisogno… soldati… guaritrici… Dobbiamo sbrigarci!*

Wulf si sfilò rapido il mantello, glielo avvolse intorno, la sollevò tra le braccia e corse verso la costa.

«Maledizione… vostra grazia!» A parlare era stato Justin che correva a fianco a loro.

Lily stava ancora tossendo troppo forte per potergli rispondere a voce alta, la sua gola raschiava e i muscoli del suo petto erano serrati in una morsa.

Sto bene, disse a Justin. *Lui ci sta aiutando. Non voglio che la nostra gente combatta contro quelli di Braugne. Dillo a tutti.*

Sì, vostra grazia. Con un ultimo sguardo scontento, Justin iniziò a urlare ordini agli altri Difensori che si stavano avvicinando.

Nel tempo che Wulf impiegò a mettere piede sulla costa, lei aveva ricominciato a respirare normalmente; lui la mise a terra e la giovane riuscì a stare in piedi. Lionel apparve accanto al suo comandante, insieme a Gordon e Jermaine.

Lily cercò Justin con gli occhi e con gioia vide che Estrella, il capitano dei Difensori, l'aveva raggiunta e c'era anche Margot.

Un numero crescente di Difensori si stava arrampicando sulla costa, accompagnati dalle sacerdotesse con i loro strumenti di guarigione. Anche Prem si era unita a loro: teneva stretti il mantello e i guanti di Lily e glieli passò senza dire una parola.

Wulf catturò la sua attenzione. Guardando il suo viso duro, la giovane capì subito che aveva lasciato libero il comandante che c'era in lui con tutta la sua determinazione.

«Di quanti cavalli abbiamo bisogno?» le chiese.

«Non lo so.»

La guardò con un cipiglio feroce. «E di quanti soldati e guaritrici?»

«Non lo so. Quanti sono "tanti"?» Lily chiuse gli occhi e cercò di riportare alla mente l'immagine del paesaggio innevato e del crinale dietro gli alberi. «So dove dobbiamo andare. C'è un crinale a circa cinque miglia da qui, accanto a una cascata che adesso è ghiacciata.»

«Conosco quel posto,» intervenne Estrella.

Lily incrociò lo sguardo di Wulf. «C'è un gruppo dei nostri con dei feriti, stanno cercando di raggiungerci. Sono inseguiti da molti più soldati di quanti ne possano affrontare. Li ho visti sbucare da dietro un filare di alberi. I nostri sono esausti e non possono farcela se non li raggiungiamo in tempo. Non sono in grado di stimare quanti siano gli inseguitori, perché ho visto solo dei frammenti, ma direi oltre un centinaio. Wulf, voglio che la mia gente torni a casa. Usa quanti più soldati possibile.»

Lui annuì e le strinse un braccio, poi iniziò rapidamente a dare ordini e i soldati si misero subito all'opera. Una dozzina di cavalieri, già pronti in sella, si muoveva in una strana danza a causa dei cavalli irrequieti.

«Hai detto che ogni minuto è importante. Manderò avanti loro, mentre gli altri si preparano. Abbiamo solo bisogno di sapere dove andare,» le disse Wulf.

Poi, telepaticamente aggiunse: *Preparati. I soldati che vanno in avanscoperta hanno un rischio molto alto di morire.*

Ci sarebbe stato tempo per il lutto più tardi, quando avessero saputo quante vite sarebbe costato tutto quello. Lily guardò Estrella. «Va' con loro.»

«Sì, vostra grazia!»

Estrella si unì al gruppo e partirono al galoppo.

A quel punto, Lily pensò che la cosa migliore che poteva fare era togliersi di torno. Lei vedeva il futuro, non era una combattente. In pochissimo tempo, fu riunita un'ampia squadra composta da Difensori, soldati di Braugne e guaritrici.

Un breve e intenso scontro verbale interruppe quell'operazione quando Wulf scoprì che Lily stava per salire su una giumenta che uno dei Difensori le aveva portato. Con occhi fiammeggianti, le strappò le briglie dalle mani.

«Cosa credi di fare?» sbraitò. «Resta qui! Metterti nei guai non ti servirà a nulla.»

Dietro quel comportamento così categorico si nascondeva una profonda e genuina preoccupazione. Lily non sprecò energie ad arrabbiarsi. Invece, gli domandò: «Puoi vedere le cose che vedo io?»

Passò un solo, unico battito cardiaco, un intenso palpito silenzioso. La mascella di Wulf si contrasse e i suoi occhi mandarono lampi; Lily sapeva quanto avrebbe voluto rimbeccarla. Ma quella volta aveva vinto lei, e lui lo sapeva.

«Va bene, ma sta' vicino a me,» ringhiò. «Accanto a me,

hai capito? Ti voglio abbastanza vicino da poter tagliare la testa a chiunque cerchi di colpirti.»

Dietro di lui, Lily vide Justin, Lionel e Jermaine. Se quest'ultimo non sembrò affatto sorpreso dall'intensità di quelle parole, Lionel e Justin erano esterrefatti.

Con voce chiara e abbastanza alta da farsi sentire da tutti lì vicino, gli rispose: «Certo. Sei tu il comandante.»

Il suo sguardo torvo si accese. Le toccò un ginocchio. «Ci puoi scommettere.»

GALOPPARONO FINO AL crinale e alla cascata ghiacciata.

La squadra mandata avanti aveva incontrato i fuggitivi feriti, e tutto il gruppo stava per essere schiacciato dal nemico, quando duecento cavalieri, Difensori e soldati di Braugne insieme, si abbatterono come un uragano sugli avversari.

Per la prima volta in vita sua, Wulf guidò l'attacco dalla retroguardia. Non che ci fosse molto da fare dopo che il grosso delle truppe era arrivato.

«Non permettetegli di lasciare il campo di battaglia,» disse a Jermaine. «Non voglio che a Varian arrivi una sola parola su questo scontro. O li catturiamo o li uccidiamo.»

«Come volete, comandante.»

Jermaine si allontanò per eseguire quell'ordine; così si verificò un totale rovesciamento delle parti, e ciò che era iniziato come una rapida sconfitta degli inseguiti si trasformò nel massacro degli inseguitori.

Fu duro restare nelle retrovie. Non poté negarlo. Ma, ogni volta che sentiva l'impulso di scagliarsi ruggendo in mezzo alla battaglia e affrontare il nemico, si guardava intorno in cerca di Lily. Il viso di lei era bianco e rigido mentre guardava la mischia, la sua giumenta si muoveva avanti e indietro agitata.

Non avrebbe potuto farlo. Non avrebbe potuto lasciarla, neppure con la sua parte del cervello più logica che insisteva nel ripetere quanto fosse al sicuro circondata da una dozzina di soldati addestrati attorno a lei. Perciò doveva sopportare. Il futuro poteva essere ancora come una tela immacolata, aperta a una moltitudine di scelte diverse, ma quelle fatte quel giorno andavano più che bene.

Anche nella migliore delle ipotesi, era sempre difficile prevedere l'esito di una battaglia. C'erano prigionieri da controllare e interrogare, feriti e moribondi da curare e, inevitabilmente, morti da identificare.

Così come i Difensori lottavano insieme ai suoi soldati, le guaritrici dell'Abbazia lavoravano fianco a fianco con i dottori dell'esercito di Braugne. Wulf sapeva che erano stati fortunati, e che la lista dei caduti non sarebbe stata lunga nonostante la portata del combattimento, ma quei pensieri non attenuavano lo sguardo affranto sul viso di Lily, mentre accorreva ad aiutare le guaritrici.

Alla fine, Wulf non riuscì più a resistere. Allontanandola da una postazione medica, le disse con gentilezza: «Torna al campo, amore.»

Lei si aggrappò alla sua casacca. «Non posso andarmene così.»

«Sì che puoi. Ciò che non puoi fare è essere a disposizione di tutti per tutto il tempo, perciò non provarci nemmeno, altrimenti ti sfiancherai. Lascia che gli altri svolgano i loro compiti, e va' perlomeno a riposare in una delle locande. Cercherò le risposte a qualche domanda e poi ti raggiungerò lì.»

Lily prese un profondo respiro e poi lo liberò

lentamente. «D'accordo. Ci rivediamo in città.»

La baciò a lungo proprio lì, davanti a tutta la sua gente e a quella di lei. Senza guardare, Wulf sentì che il mondo intorno a loro si faceva silenzioso.

Lily trattenne il respiro, ma non lo respinse. In realtà, anche se piuttosto incerta, ricambiò il bacio, e lui considerò pure quella una vittoria.

«Scelta coraggiosa,» mormorò contro le labbra di Wulf. «Inaspettata.»

«Anticipare le comunicazioni è utile a diffondere nuove politiche tra la popolazione,» sussurrò lui, lasciando che le dita indugiassero sulla curva morbida della guancia di Lily.

«Oh, per l'amore della dea, ho sentito bene cosa mi hai appena detto?» Tirandosi indietro, lo guardò di traverso. «Quella bellissima frase era il tuo modo di flirtare?»

Lui strinse gli occhi. «Certo che no. Il cioccolato e quell'orribile cibo arancione erano il mio modo di flirtare. Questo era per fare una dichiarazione pubblica di intenti. Lo saprai quando flirterò di nuovo con te.»

«Ah, sì?» Un angolo della bocca di Lily si sollevò. «Cosa stavi facendo quando hai scalato la mia torre?»

Si fermò a riflettere. «Sì, anche quello è stato flirtare.»

«Davveeeero? E io che credevo che stessi cercando di litigare.»

«Era un modo di flirtare litigioso,» ribatté lui. «Ricordati che avevo portato con me il cioccolato e il cibo arancione. E, visto che comunque farai mettere delle sbarre alle finestre, è stata la prima e ultima volta.»

«Non farò mettere inferriate alle finestre,» gli disse Lily.

La voce di Wulf si fece dura. «È inaccettabile.»

«Davveeeero?» Le sopracciglia della giovane si inarcarono lentamente, fin quasi a sfiorare l'attaccatura dei capelli. «Sei duro di comprendonio. La decisione spetta a me, perché nessuno sano di mente si arrampicherebbe fino alla torre, Wulf. Nessuno, a parte te. E, per tua informazione, sono stata decisa, ma molto gentile, quando ho parlato con Gennita stamattina, e le ho proposto una meravigliosa soluzione per risolvere i nostri problemi. Perciò, prego, fa' pure ciò che devi, ma lascia fare a me ciò che devo.»

Aveva già capito di desiderarla, ma quello fu il momento in cui Wulf si innamorò di lei. Perché sapeva che avrebbe potuto prenderla e che lei si sarebbe arresa a lui, ma non sarebbe mai riuscito a dominarla.

Posando la mano sulla guancia di lei, sussurrò dolcemente: «Lily.»

Quello fu tutto, solo *Lily*.

Wulf era consapevole che il suo viso stava mostrando tutte le sue emozioni, dato che lui non cercava di nasconderle. Lo sguardo di lei si addolcì, e mise le mani su quelle di lui.

Quando alla fine si separarono, Margot calò su Lily come un falco e la portò via; ecco, *quella* era una conversazione che Wulf fu perfettamente felice di evitare. Si immerse nel lavoro e, molto più tardi, andò a cercarla in città.

Non era rimasta con le mani in mano, come lui poté constatare mentre percorreva la strada principale. Le porte di molte case erano aperte e, da ciò che poteva intravedere dell'interno e dall'attività nelle strade, dedusse che le case erano state momentaneamente trasformate in ospedali temporanei – un'idea così eccellente e ovvia che avrebbe dovuto pensarci lui.

Trovò Lily al Sea Lion, che beveva vino e mangiava

qualcosa da un piatto, con i Difensori piazzati in modo strategico per tutta la sala. Il viso stanco le si illuminò quando lo vide.

La raggiunse con passo risoluto e deliberatamente si piegò su di lei e la baciò sulle labbra. Ogni movimento e conversazione nella stanza si bloccarono, poi ripresero lentamente.

«Ecco,» disse con soddisfazione. «Ora ho dichiarato le mie intenzioni alle tue guardie e alla popolazione.»

Di nuovo, le sottili ed espressive sopracciglia di lei si sollevarono. Avevano l'incredibile capacità di rimproverarlo, quelle sopracciglia. Non c'era bisogno di parole, anche se quello non l'avrebbe fermata dal parlare.

«Non hai dichiarato nulla a nessuno, men che meno *a me*,» lo rimbeccò. «Tutto quello che hai fatto è stato baciarmi, e...» Lily sollevò entrambe le mani e rise. «E quindi?»

«Se non avessi autostima, potrei prendere le tue parole nel modo sbagliato,» le disse. Si sedette accanto a lei sulla panca, ritrovandosi tanto vicini che i loro fianchi si toccarono; mise un gomito sul tavolo, appoggiò la testa sulla mano e si girò verso di lei.

Lily rise ancora più forte e Wulf ricambiò con un sorriso. Poi lei tornò seria. «Estrella mi ha già dato il suo rapporto. Mi ha detto che i tempestari sono tutti morti, e che il gruppo di inseguitori era così numeroso perché era la base d'appoggio per i maghi. Questi dovevano separarsi dal gruppo principale per lanciare i loro incantesimi e riunirsi a esso in seguito. È tutto ciò che so. Cos'altro hai scoperto?»

«Le tue sacerdotesse hanno lavorato bene. Dopo aver confrontato le confessioni di vari prigionieri con i rapporti dei nostri uomini, sono abbastanza sicuro che abbiamo catturato o ucciso tutti i membri del gruppo, cosa che speravo accadesse.» Dopo una breve pausa, Wulf aggiunse: «Erano di Guerlan, ovviamente.»

«Ovviamente,» borbottò Lily. Spostò il piatto verso di lui, che si mise a mangiare avidamente. Sbriciolando un pezzo di pane con dita nervose, lei gli domandò: «C'è nient'altro?»

Non c'era modo di rendere meno preoccupanti le informazioni che stava per darle. «Per ciò che siamo riusciti a scoprire, Varian ha ricevuto la notizia appena è morto il primo mago. Presto saprà che Calles è stata coinvolta. I suoi uomini hanno combattuto così duramente per impedire che la tua squadra tornasse all'Abbazia perché non volevano che Calles sapesse che erano di Guerlan.»

«Ha agito in modo subdolo dall'inizio alla fine.» Lily strinse le labbra.

«Sì,» confermò Wulf. «Ha cercato di rubare dell'oro che non era suo e poi ha ucciso mio fratello per non farsi scoprire. Ha diffuso voci infamanti su di me e il mio esercito, ha ucciso le persone e ha dato fuoco alle loro case per creare terrore e resistenza in ogni paese che abbiamo attraversato. Ha avvelenato le mie truppe per rallentarci e ha cercato di farmi uccidere, per non parlare dei tempestari che dovevano eliminarci o rispedirci a Braugne in attesa che finisse l'inverno.»

Spostando da una parte le briciole di pane, Lily mormorò: «Si sta impegnando molto per non incontrarti sul campo di battaglia.»

«Perché sa che perderà,» rispose Wulf categorico. Non c'era alcun dubbio in Wulf su quel punto. «Varian ha i giorni contati e penso che lui lo sappia. Ma adesso basta parlare di lui. Voglio parlare di te.»

Il sospetto apparve negli occhi di Lily. «Va beeeene. Di cosa vuoi parlare?» chiese.

«Tra pochi giorni ci sarà il solstizio d'inverno.» Wulf catturò una delle mani di Lily e si mise a giocare con le sue dita. «I miei uomini hanno attraversato un continente. Hanno lottato contro attacchi magici e veleno, e hanno bisogno di un po' di riposo, magari di svagarsi con qualcosa che desiderano con impazienza. Calles celebra il Masque?»

«Sì,» gli rispose, sorridendo. «Dovrebbero già esserci decorazioni per le strade, ma sono fuggiti tutti all'Abbazia. Perché, vorresti celebrarlo con noi?»

Era meglio lasciare che Varian si arrovellasse per qualche giorno, pensando alla morte dei suoi maghi e dei suoi soldati. Nel frattempo, Wulf voleva condurre un'altra campagna di massima importanza.

Ricambiò il sorriso di Lily. «Sì, mi piacerebbe.»

Capitolo Undici

PER MOLTI VERSI, era stata una giornata dura, ma bisticciare con Wulf aveva fatto sentire meglio Lily.

Quella sera, volle riaccompagnarla all'Abbazia, nonostante lei avesse ribadito infinite volte che non era necessario e che la mezza dozzina di persone che le facevano da guardia era una protezione più che sufficiente.

A metà strada del braccio di mare congelato, la mano guantata di lui aveva raggiunto quella di lei. Percorsero il resto del cammino mano nella mano.

Quando arrivarono ai piedi della scala del molo principale, la fece voltare a guardarlo e la baciò. E la baciò ancora.

E ancora.

Le aveva tirato su il cappuccio così da dare a entrambi la sensazione di essere soli ma, anche se non era vero, Lily aveva apprezzato il gesto.

Le labbra di Wulf erano calde e lei le conosceva molto bene, ormai. Le aveva baciate migliaia di volte nei suoi sogni.

Nel momento in cui lui si scostò, Lily mormorò: «Se questa è un'altra comunicazione anticipata per diffondere una nuova politica nella popolazione, ti do un pugno.»

Il sorrisetto di Wulf rimase in ombra. «No, amore. Questo sono solo io che flirto di nuovo. Dormi bene. Ci rivedremo presto.»

La riluttanza a separarsi da lei era ovvia dal linguaggio del suo corpo ma alla fine dovette lasciarla andare, e tornò indietro verso il campo attraversando di nuovo il mare ghiacciato. Lily guardò per un po' la sua figura forte e solitaria, poi sbirciò da dietro il cappuccio i Difensori a guardia delle porte aperte.

Guardavano dritti davanti a sé, il viso rigido. Gli occhi di uno dei Difensori in particolare erano leggermente strabuzzati, chiaro segno di una pressione interna non sfogata, visto che la sua psiche si rotolava a terra dalle risate.

Affrontare Margot era stato piuttosto difficile. Decidendo di non dover per forza emergere dalle profondità del suo cappuccio se non voleva, Lily si nascose alle occhiate curiose e corse veloce alla sua torre, dove dormì come un sasso per tutta la notte.

La mattina dopo, prima che potesse avere la possibilità di bere la sua prima tazza di tè, Gennita la raggiunse per comunicarle che lei e suo marito avevano deciso di rimanere. La donna era imbarazzata e Lily poté vedere che la sua psiche si era molto addolcita, perciò accettò la decisione con piacere.

Alcune ore più tardi, dopo aver avuto un colloquio con Dulcinda ed Evie, nominò Dulcinda come seconda segretaria, le scaricò il compito di fare il bilancio e concluse: «Per favore, torna da me con un bilancio ridotto solo alle cose veramente essenziali. Dobbiamo risparmiare quanto più denaro possibile, in caso si debba comprare una maggiore quantità di viveri prima del prossimo raccolto.»

«Ne sono onorata, vostra grazia.»

Dopo aver delegato il bilancio a qualcun altro, Lily si sentì una tale traditrice che tirò fuori tutte le richieste di altri Regni per delle sacerdotesse che le erano rimaste da visionare e le piazzò sulla scrivania di Prem.

«Desidero leggere le tue proposte con le migliori candidate per queste posizioni,» disse a Prem.

«Sì, vostra grazia!» Sorridendole raggiante, Prem si mise all'opera.

Vostra grazia. La faceva sentire così vecchia. Come fece per allontanarsi, Estrella si precipitò nell'ufficio di Prem. Il capitano dei Difensori aveva un'espressione appropriata, ma la sua psiche era rossa di rabbia mentre guardava Lily.

«Buon giorno, vostra grazia,» le disse Estrella. «Il vostro invasore è qui.»

«Il mio… invasore.» Con un certo sforzo, Lily si costrinse a non fissare l'aria sopra la testa di Estrella.

«Sì, vostra grazia. Lo conoscete, colui che ha ucciso suo fratello, che ha bruciato fattorie e ucciso famiglie intere, che ha marciato con il suo esercito sulle nostre terre senza permesso e che vi ha baciato. Quell'uomo.»

Respirando a fondo, Lily si sfregò il viso. *Calma, sta' calma.*

«Non ha ucciso suo fratello,» rispose. «È stato il re di Guerlan. Wulfgar non ha fatto niente di tutto il resto. O meglio, ha marciato con l'esercito sulle nostre terre senza permesso e… mi ha baciato. Ma tutto il resto non è vero.»

Un po' della rabbia nella psiche di Estrella andò a sparire. Perplessa, la donna le chiese: «Ne siete sicura?»

«Sai quanto sia sviluppato il mio senso per la verità. Sì, ne sono sicura.» Togliendo la mano dal viso, tornò a guardare il capitano. «Cosa vuole?»

«Ha richiesto un'udienza con voi. Dopo ieri, nessuno dei Difensori sa come dobbiamo comportarci in sua presenza. È giunto qui dalla terraferma attraversando il mare ghiacciato a piedi e da solo, perciò non ci sembra una minaccia…»

«Capitano, Wulfgar non è una minaccia per noi, a meno che non facciamo qualcosa di stupido come mettere in pericolo lui o i suoi uomini, e noi non faremo una cosa simile.» Tamburellò le dita. «L'ho invitato a soggiornare qui per il solstizio d'inverno. La gente di Braugne dovrà essere trattata con cortesia e sarà la benvenuta al nostro festival. Ti prego di comunicare al nostro popolo che possono restare quanto vogliono all'Abbazia, ma coloro che desiderano tornare alle loro case hanno la mia benedizione.»

La tensione nelle spalle di Estrella si allentò. «Sì, vostra grazia. Farò in modo che il vostro messaggio arrivi a tutti gli sfollati. Per quanto riguarda l'invaso… il Protettore di Braugne. Devo mandarlo via?»

«No. Per favore, accompagnalo nel mio ufficio.» Quando Estrella se ne andò, Lily guardò Prem e disse: «Mi ha promesso che avrebbe flirtato con me. Andrà tutto bene.»

La gioia danzò negli occhi di Prem. «Oh, vostra grazia, è magnifico. Dobbiamo… dobbiamo dargli il benvenuto?»

«Tutto dipende da cosa farà.» Scrollando le spalle, Lily tornò nel suo ufficio e attese.

Si mise a guardare fuori dalla finestra finché, dietro di sé, Estrella annunciò: «Il Protettore di Braugne, vostra grazia.»

Lily si voltò, ma le parole di benvenuto che si era preparata le morirono sulle labbra quando lo vide andarle incontro, attraversando la stanza. Sembrava sempre lo stesso guerriero potente e temprato, con indosso l'armatura, il mantello e la spada, ma in una mano aveva un grande mazzo di rose di un intenso colore rosso.

Per un momento l'illusione fu perfetta. Lily poté perfino cogliere una traccia di profumo simile a quello delle vere rose. Poi, come lui si fece più vicino e lei ebbe modo di guardare meglio, la giovane si accorse che il mazzo che aveva in mano veniva dal negozio in cui Wulf aveva fatto irruzione.

Sorridendo, Lily allungò le mani per prenderle. «Sono bellissime, grazie. Giurerei perfino che odorano di rose.»

«Ho spruzzato del profumo sui boccioli.» Le diede il mazzo e si chinò per rubarle un rapido bacio. Il piacere scatenato da quel contatto le diffuse calore in tutto il corpo, e lo baciò a sua volta.

«Mi auguro tu abbia aggiunto del denaro al barattolo dietro il bancone.»

«Ne dubiti?» le domandò, sorridendo appena.

«Per nulla.» Seppellì il viso nei boccioli di velluto, ne respirò con soddisfazione il profumo e poi li mise da parte. «Ho controllato il negozio ieri pomeriggio, quando sono tornata in città. È esattamente come hai detto. Il denaro non è stato toccato. Anzi, credo ce ne sia anche di più di quello che avevi messo tu nel barattolo.»

«Ovvio.»

Appoggiandosi alla scrivania, Lily gli chiese: «Cosa posso fare per te, Wulf?»

«Se hai un'ora di tempo, mi piacerebbe che mi facessi fare un giro dell'Abbazia. In base a tutti i resoconti che ho letto, è un luogo meraviglioso. Voglio conoscere le cose che ami di questo posto.»

Lily si illuminò ancora di più. «Fammi prendere il mantello.»

Camminarono per i cortili e il tempio, continuando a parlare per tutto il tempo. Lui le prese la mano e se la mise nell'incavo del braccio, e lei glielo permise.

Non tutti furono felici di vederli insieme. Anche se venivano accolti con perfetta cortesia, le psiche di alcune persone li squadravano spaventate o piene di odio, perché le persone sono persone, e nonostante Wulfgar non fosse responsabile della violenza che aveva toccato Calles, era comunque arrivata a loro per colpa della sua presenza. E cambiare è una cosa difficile.

Alla fine di quell'ora, si fermarono in cima alle scale che portavano al molo principale. Guardandola serio, ammise: «È bellissima, come mi avevano detto tutti.»

«Lo credo anch'io.» Lily lo guardò perplessa, cercando di scoprire sul suo viso degli indizi su quel cambiamento d'umore. Il lupo nella sua psiche si era voltato e le dava le spalle, la testa bassa.

Wulf le baciò la bocca e le guance, e disse: «Ci vedremo presto.»

Quando la lasciò, portò via con sé la luce di quel giorno invernale e il calore che era giunto insieme a lui. Lo guardò tornare alla terraferma dove un gruppo di soldati lo aspettava vigile. Una volta che li ebbe raggiunti, si allontanarono in direzione del campo.

Quello fu il primo di tanti altri incontri simili. Wulf tornò a trovarla il giorno dopo, portando con sé gli antichi manoscritti.

«Ooooh, gli antichi manoscritti,» esclamò deliziata Lily, sfregandosi le mani. «Un momento, ma questi servivano a corrompermi.»

«Non è vero! Erano un regalo fin dall'inizio. Eri solamente troppo spaventata da me per accettarli.»

«Non avevo paura di te! Sono venuta da sola nel tuo accampamento, te lo ricordi? Era una questione politica, sarebbe sembrato che l'Abbazia si fosse schierata con una delle due parti.»

Wulf rise. «Ebbene, quella nave è partita ormai, no?

Accettali, amore, e goditeli insieme al mio benvenuto.»

In effetti quella nave era partita, ormai.

«Grazie.» Sorridendo, Lily accettò il regalo. «Lo farò.»

Lui la salutava sempre con un bacio, e anche quella volta non mancò di baciarla quando se ne andò. La rendeva felice, ma anche agitata. Era nato in lei un profondo bisogno di lui. Una fame che la divorava internamente e la faceva girare e rigirare nel letto la notte.

Una volta, aprì la finestra con il chiavistello rotto solo per guardare i chiodi infissi nella roccia che correvano lungo la parete della torre, e che chiaramente non erano stati usati abbastanza.

Nel frattempo, molti abitanti della città erano tornati alle loro case e per le strade erano apparse le decorazioni per il Masque. Calles era bellissima nei giorni di metà inverno, con le luci che splendevano nelle case e nei negozi, e nastri e striscioni a colori vivaci a adornare porte e finestre di ogni edificio.

Anche l'Abbazia veniva decorata per la festa. Era sempre un grande piacere tirare fuori con venerazione ornamenti e decorazioni vecchie di generazioni. Il festival del Masque era la celebrazione di tutti gli dèi, cioè quelli che sulla Terra venivano chiamati gli dèi delle Antiche Razze, e non solo di Camael, perciò venivano create delle rappresentazioni per tutti e sette.

In quanto dio della Danza, Taliesin veniva sempre per primo. Metà uomo e metà donna, Taliesin era il primo tra i Poteri Primari perché tutto danza, i pianeti e le stelle, gli altri dèi, le Antiche Razze e gli umani. La danza è cambiamento, e l'universo è costantemente in moto.

Poi c'era Azrael, il dio della Morte; Inanna, la dea dell'Amore; Nadir, la dea delle profondità, anche detta l'Oracolo; Will, il dio del Dono; Hyperion, il dio della Legge e, ovviamente, Camael, la dea del Focolare.

Mentre aiutava con le decorazioni, Lily si impegnò il triplo nella sistemazione del tempio di Camael, sussurrando alla dea: «Perché sono di parte.»

Una leggera brezza passò attraverso il tempio e lei credette di cogliervi il sorriso della dea.

A Calles, il festival del Masque si teneva in città. La processione degli dèi percorreva la strada principale e chi desiderava partecipare apriva le proprie porte per la serata.

Agli angoli delle strade veniva suonata della musica, tutti ballavano, molti bevevano troppo, e quello a volte scatenava qualche rissa, ma in generale era sempre un gran divertimento.

Il giorno prima, Jermaine e Lionel si erano recati all'Abbazia per organizzare con Estrella e Margot la sorveglianza. Le persone si erano pian piano rilassate per godersi la festa, ma nessuno aveva dimenticato che la guerra era appena iniziata.

Dopo l'incontro, Margot aveva portato a Lily il piano da approvare. «Visto che quelli di Braugne vogliono ritirarsi da Calles il giorno dopo il Masque, Jermaine ha detto che il comandante vuole lasciare un gruppo di suoi uomini armati in città. Lui dice che è per la nostra protezione.» Margot cercò gli occhi di Lily. «Ne hai già parlato con Wulfgar?»

Per un attimo, Lily smise di respirare. Poi, con molta attenzione, raddrizzò alcuni documenti sulla sua scrivania mentre un leggero tremore pervadeva le sue dita.

«No,» rispose. «Non ne abbiamo parlato.»

Margot mise una mano sulla sua. «Che succede?»

Non ne ho idea, avrebbe voluto dirle. *Ha toccato il mio viso e… e quando mi ha baciato, la sua bocca sembrava disperata. Ma il suo lupo mi ha voltato le spalle. Ha cambiato idea, e io non so perché.*

Schiarendosi la voce, rispose: «Credo che accettare una presenza armata sia una buona idea. Se Varian decidesse di vendicarsi perché abbiamo fermato i suoi tempestari, le nostre forze sarebbero troppo poche per difendere la città da soli.»

«Sono d'accordo.» Margot scosse la testa. «E, se me lo avessi chiesto due settimane fa, avrei detto: *per tutti gli dèi, no.*»

Lily le fece un sorriso storto. «Pensavo che la dea volesse che io prendessi una grande, importante decisione, che ci avrebbe portato su una strada piuttosto che su un'altra. Ora penso che tutti noi dovremo affrontare ogni giorno più di una sola decisione: esamina questo, non fare quello. Scegliere di fare la cosa giusta o quella sbagliata. Accettare di lavorare insieme. Violare la legge. Le nostre vite diventano la somma di ogni scelta fatta. Sai, avevo quasi deciso di andare a Guerlan per il Masque, ma quando ho letto l'invito di Varian, sapevo che avremmo fronteggiato un inverno duro, e non volevo sperperare denaro.»

Margot tremò. «Sono così contenta che tu non ci sia andata.»

«Anch'io.» Guardando la sua scrivania, Lily aggiunse: «I piani vanno bene, sia per la sicurezza del festival domani sera sia per quello che accadrà quando l'esercito di Braugne partirà. Li approvo.»

Dopo che Margot si fu ritirata, Lily rinunciò a lavorare e salì alla sua torre per guardare le fiamme nel cuore dell'Abbazia. I pensieri che si formavano nella sua mente vorticavano e cambiavano e, come in un caleidoscopio, le immagini si modificavano in base a come lei le guardava.

Il futuro era sempre pieno di un numero pressoché infinito di strade. Solo perché aveva sognato una vita con

Wulf, non significava che sarebbe accaduto davvero. Lei, più di tutti, se lo doveva ricordare.

Per la prima volta si accorse di non aver avuto visioni in quei giorni.

Forse la spiegazione stava nel fatto che, per la dea, la scelta importante era già stata fatta. Forse non si era mai trattato di scegliere uno dei due uomini che ancora adesso erano in guerra tra loro.

Forse la decisione critica era sempre stata quella di combattere per salvare vite innocenti, scegliere di agire per fermare i tempestari e accettare qualsiasi conseguenza ne sarebbe conseguita.

Se così stavano le cose, poteva essere abbastanza per soddisfare Camael, ma non per Lily.

Wulf non era andato a trovarla, quel giorno.

Capitolo Dodici

L A SERA SUCCESSIVA, il Masque di Calles fu incantevole, sotto ogni punto di vista.

Dei falò, posizionati in punti strategici, fornivano una luce dorata e calore a tutti coloro che avevano bisogno di scaldarsi durante la festa. Gli orfani dell'Abbazia giocavano sul ghiaccio con i bambini della città, mentre adulti sorridenti li sorvegliavano.

C'era musica quasi a ogni angolo di strada, e il cibo… santi dèi, il cibo. L'abbazia aveva inviato attraverso lo stretto di mare congelato carri pieni di dolci e torte salate, tacchini e prosciutti arrosto e cesti pieni di mele. I negozi erano rimasti aperti, e i mercanti di cibarie vendevano le loro merci, ma i prodotti donati dall'Abbazia erano gratuiti per tutti. Ogni persona assicurò a Wulf che quell'anno avevano ridotto parecchio lo sfarzo. Gli abitanti di Calles sapevano bene che li aspettava un inverno difficile.

Ma per i suoi uomini, che avevano dovuto razionare il cibo per settimane, fu un'autentica festa, senza contare l'abbondanza di birra che si poteva comprare in entrambe le locande. Tuttavia, ottomila soldati erano un po' troppi tutti insieme per una città relativamente piccola come quella, perciò gli uomini di Braugne andavano in città a rotazione, dando così a tutti i compagni la possibilità di ballare, mangiare e bere almeno un po' prima che la notte passasse.

Non tutti avevano il volto coperto. Il rischio per la sicurezza era troppo alto. Ma molti cittadini, e gli abitanti dell'Abbazia, indossavano costumi e maschere.

Dopotutto, c'era un tocco di romanticismo nel danzare con la moglie del macellaio, che pretendeva di nascondere la propria identità dietro una graziosa maschera fatta di ali di pavone. O con il proprietario del Sea Lion che ne indossava una a forma di testa di cervo con le corna, ma che si riconosceva benissimo dalla sua potente risata.

L'intera festa, con la neve come sfondo, era così affascinante e pittoresca, che Wulf era furioso di doversene andare.

Era pronto a partire. I suoi bagagli erano stati preparati. Sia Karre che Mignez avevano inviato le truppe promesse negli accordi, e seimila uomini aspettavano lui al confine tra Calles e Guerlan. Il suo esercito si sarebbe messo in marcia la mattina dopo la festa, ma Wulf voleva anticiparli partendo con un piccolo gruppo quella notte stessa.

C'era solo una cosa che gli impediva di partire.

Lily non era ancora apparsa.

Si era messo all'imboccatura della strada vicino al Sea Lion, appoggiato a braccia conserte contro un angolo dell'edificio, a osservare senza sosta la folla.

Poi i bambini corsero giù per le vie, gridando: «È ora! È ora!»

La gente si spostò rapidamente ai lati della strada per fare spazio alla processione degli dèi. La persona che aveva la parte di Taliesin giunse per prima, saltando e piroettando man mano che procedeva nel suo cammino, vestita con un costume che la faceva sembrare metà uomo e metà donna.

Poi passarono gli altri dèi, ogni persona vestita con un costume che rappresentava le caratteristiche della divinità: la

Morte, l'Amore, l'Oracolo, il Dono e la Legge.

E per ultima venne la dea del Focolare: ovviamente era Lily. L'abito dorato simulava delle fiamme, i capelli neri erano raccolti in una complessa pettinatura, il viso era nascosto dietro la maschera di una bellissima donna sorridente; sembrava una creatura ultraterrena e magnifica, e l'intera folla, composta da soldati di Braugne, cittadini e gente dell'Abbazia tutti insieme, gridò di gioia.

Wulf non alzò la voce con gli altri. Quando la vide, il suo petto si strinse come in una morsa, e fu travolto da un dolore così violento che quasi cadde in ginocchio.

Quando Lily gli passò accanto, lo guardò e l'oro del suo vestito si riflesse negli occhi di lei.

Aveva pensato di salutarla al festival. Non aveva considerato però che sarebbe stata circondata dalla gente alla fine della processione. Con un sorrisetto amaro, guardò quella massa di persone felici. Era scomparsa in mezzo a loro, troppo piccola perché lui potesse vederla.

Molto bene, le avrebbe scritto una lettera d'addio. Forse era la cosa migliore.

Si rivolse a Gordon, che stava gironzolando lì vicino: «Torno al campo. Di' al resto del gruppo che partiamo tra un'ora.»

Gordon annuì. «Sì, signore.»

Una volta all'accampamento, Wulf accese una lampada, estrasse il materiale per scrivere dal baule che lo conteneva e si sedette al tavolo. Per parecchio tempo fissò la pagina vuota, la penna pronta a scrivere, ma cosa poteva dirle?

Ti desidero più di ogni altra cosa, ti amo.

Vedo quanto ami la tua bellissima casa, ti amo troppo per portarti via da lì.

Chiuse gli occhi e si prese la testa fra le mani.

«Vedo che sei pronto per partire,» disse Lily dall'entrata della tenda.

Non aveva sentito nulla, neppure il rumore della tenda scostata. Il suo incantesimo d'invisibilità era davvero potente.

Lo stupore lo sconvolse. Saltò in piedi. «Per i sette inferni!»

Lily entrò nella tenda, il viso determinato. I capelli erano ancora acconciati nella complessa pettinatura vista alla festa, ma si era tolta il vestito dorato. Come lui, indossava tutte cose nere: stivali per cavalcare neri, pantaloni e una giacca imbottita. Anche i guanti e il mantello erano neri. Si tolse i guanti e li sbatté sul tavolo. «Te ne volevi andare così, senza nemmeno dirmi addio?» Lo sguardo le cadde sulla carta e la penna, e la sua bocca si torse in una smorfia amara. «Bene. Volevi lasciarmi con due righe. Wulf, ci vorrà molto tempo prima che io possa perdonarti per questo.»

Per gli dèi, aveva bisogno di baciarla, e poi ancora baciarla. Di strapparle i vestiti di dosso e fare l'amore con lei, sfogando tutto l'insaziabile desiderio che tormentava il suo cuore, fino a lasciare entrambi distrutti.

Voltandosi, si passò le mani tra i capelli. «Volevo parlarti stasera.»

«Al Masque.»

«Sì, ma avrei dovuto capire che saresti stata sommersa di gente. Perciò, sì, stavo per scriverti una lettera.»

«Stronzo,» mormorò Lily con voce malferma.

Quando guardò dietro di sé, vide che la giovane stava piangendo e che si sentiva tradita come se lui l'avesse accoltellata al cuore.

Bene. Doveva lasciare che si sentisse così. Avrebbe concluso più in fretta quella tortura.

«Ti amo,» le disse.

«Lo so!» sbottò lei. «E quindi? Ti amo anch'io, ma non ti avrei mai lasciato in questo modo!»

La distanza tra loro gli sembrò intollerabile. La raggiunse in un attimo, la afferrò per le braccia e con brutalità le disse in faccia: «Ti amo e sto per affrontare una guerra che è solo all'inizio, e questo accampamento? Lily, questo accampamento adesso è nelle condizioni migliori in cui potrai mai vederlo. Odora di pulito, vero? Ha un buon odore perché è tutto congelato. Nei prossimi anni, ci saranno molto più fango e sangue, e pericoli e puzza di quanto tu possa immaginare, e le battaglie saranno dei feroci massacri. Ma tu hai una casa meravigliosa, piena della storia che ami tanto e di gente che ti adora. Hai un posto, un ruolo, e il tuo *cuore* è qui.»

Mentre Wulf parlava, le lacrime che riempivano gli occhi di Lily si riversarono sul suo viso. «Sì, lo so,» replicò. «Amo questo posto con tutta me stessa. Per questo motivo ho nominato Margot primo ministro e l'ho istruita in questi sei mesi. Perché voglio lasciare l'Abbazia e Calles in buone mani quando me ne andrò.»

«Lily, ma che stai dicendo?» mormorò Wulf, colpito da quelle parole.

Lei gli colpì il petto. «Sto dicendo che non hai il diritto di privarmi delle mie scelte, e che scelgo te, Wulf!» gridò. «Scelgo te, e non al posto di Guerlan. Ma al posto della mia casa.»

L'enormità di ciò che aveva appena sentito lo fece ammutolire.

«Ma puoi lasciare l'Abbazia, così su due piedi?» le chiese, poi.

«Non proprio così su due piedi.» La luce gettava ombre

scure sotto gli occhi di Lily. «Ci ho pensato tutta la notte, ma... sì.»

«Dèi santi, amore, così sacrifichi troppo.» I lucenti capelli della giovane stavano iniziando a scappare via dalle mollette. Wulf le scostò una ciocca sottile lontano dal viso. «Quando ho iniziato quella lettera, stavo per chiederti di aspettarmi. Se tu non avessi potuto, l'avrei accettato, perché questa dannata guerra sarà lunga...»

Annuendo, Lily si sfregò il naso. «Perciò io dovrei prendere le mie cose e la tenda, venticinque guaritrici, due assistenti e duecentocinquanta difensori e tornare a casa, dimenticarti e innamorarmi di un altro uomo. Certo, Wulf. Va bene.»

Fermi un attimo, cosa?

Un altro uomo?!

«Che stai dicendo, adesso?» ruggì lui. Finalmente si rese conto di cosa significava quell'abbigliamento. Aveva percorso tutta l'Abbazia e la città con indosso la tenuta per il viaggio. Quel pensiero lo bloccò. «Hai fatto i bagagli. Ti sei preparata. Sei pronta a partire.»

Lily incontrò i suoi occhi, la bocca ferma. «Esatto, Wulf. Sono pronta ad andare. E non ti aspetterò. O vengo con te adesso o ritorno all'Abbazia. Ma non resterò seduta a casa a preoccuparmi e struggermi per te per degli anni. Sei un uomo stupido, e mi spiace ammetterlo, ma dipende da te.»

«Lily,» disse Wulf in un soffio.

I miracoli che volteggiavano intorno a lei come lucciole non avevano alcuna importanza. Lei stessa era un immenso miracolo, così grande che la strinse contro il petto per paura che potesse sparire un'altra volta. Le braccia di Lily si avvolsero intorno alla vita di lui e la giovane lo strinse forte a sua volta.

Seppellendo il viso tra i capelli di lei, Wulf le disse: «Mi fai desiderare di essere un uomo migliore di ciò che sono. Perciò cercherò di esserlo.»

«Non mi sono innamorata di te per ciò che potresti diventare,» sussurrò Lily. «Ti amo per ciò che sei.»

Davanti all'enormità della sua scelta e alla profondità dei suoi sentimenti, rimase solo una cosa che Wulf poté dirle. L'unica cosa che avrebbe voluto sempre dirle.

«Resta. Sarà dura, ma stringi i denti, tu bellissima e coraggiosa donna. Resta con me.» Le sollevò il viso e la baciò. «Sei molto più di quanto io meriti.»

Lily fece scivolare una mano alla base del collo di lui. «Non c'era bisogno di specificarlo.»

Lui la baciò ancora e ancora. La curva morbida e piena della sua bocca lo ammaliava. «Mi sgriderai ancora per molto?»

Lei incontrò le sue labbra bacio dopo bacio. «Anche quello è ovvio. Mi ci vorrà almeno un mese o due.»

«Prenditi tutto il tempo che vuoi, amore mio.» Le sbottonò la giacca, avvolse le mani intorno al suo seno e serrò le mascelle. «Ti voglio.»

«Ti voglio an…» iniziò lei, ma poi il telo all'entrata della tenda si sollevò.

«Signore, siamo pronti a partire,» esordì Gordon, entrando nella tenda. «Sapete che abbiamo anche delle sacerdotesse e dei Difensori che ci aspettano al limitare del… campo…?»

Wulf si bloccò, poi tolse lentamente la mano dal seno di Lily. Guardandolo dritto negli occhi, Lily sorrise. Gli disse telepaticamente: *Questa sarà la prima di molte interruzioni che posso prevedere nel nostro futuro.*

Grazie alla dea, sono innamorato di una donna che sa come

proteggere i suoi confini. Il sorriso di Lily si allargò e Wulf si rivolse a Gordon, dicendogli a voce alta: «Cambio di programma. Ce ne andremo domani col resto delle truppe. Per favore, assicurati che le sacerdotesse e i Difensori abbiano degli alloggi adeguati per la notte. Sua grazia avrà bisogno di alcuni dei suoi vicino a lei, domattina penseremo a come disporre tutti in formazione. È tutto per stanotte, Gordon.»

«Buona notte, signore, vostra grazia,» disse Gordon con gli occhi puntati al suolo, piegando la testa.

Wulf guardò Lily. «Ho di nuovo deciso io per te.»

«È chiaro che hai bisogno di un po' di allenamento…» Lily ansimò quando lui l'attirò a sé e spinse le labbra sulle sue. La esplorò a fondo, penetrando con la lingua la sua bocca, mentre il bisogno gli faceva martellare il sangue nelle vene.

Lei rispose con lo stesso ardore: le lingue che lottavano, le dita di entrambi che volavano sul corpo di lui per sbottonare prima la giacca, poi la casacca. Wulf dovette staccarsi da lei per liberarsi dei vestiti. La tenda era fredda, i bracieri spenti. Il suo letto era spoglio, le coperte e le pellicce piegate. Tutto in quella situazione era grezzo e senza eleganza, e niente di tutto quello aveva importanza.

Mentre lui prendeva una coperta e la apriva, lei si tolse di dosso con foga tutti i vestiti. Si voltò verso di lui, completamente nuda, e la vista del suo splendido corpo rese le fiamme del suo desiderio ancora più alte e brucianti.

Wulf la avvolse nella coperta, prese entrambi i loro mantelli e fece stendere Lily sul giaciglio, mentre le mani della giovane percorrevano avidamente il suo petto nudo.

Lui era duro, bollente e pieno di un ardente desiderio per lei. «Dimmi, amore. Quanto devo essere attento?» le chiese.

Per un attimo Lily impallidì, poi afferrò il senso di quelle parole. «Non sono vergine, Wulf. Non serve essere così gentile.»

Fu tutto ciò che aveva bisogno di sapere. Spingendola sopra il giaciglio, la coprì con il suo corpo. Per gli dèi, come era possibile che nessun altro se la fosse accaparrata? Avrebbe cercato ogni suo ex amante e li avrebbe trasformati tutti in polvere… no, un attimo, forse quello era un po' eccessivo…

Doveva toccarla ovunque, studiarne ogni curva e incavo e, mentre lui banchettava del corpo di Lily, lei si muoveva sotto le sue mani, afferrandolo e strusciandosi e leccandolo fino a che la passione tra loro divenne un fuoco così bruciante che l'unico modo di spegnerlo fu penetrare in profondità dentro di lei.

Scoprirono il loro ritmo insieme, e fu la più bella di tutte le danze: il dare e il prendere, l'affanno dei respiri, il picco di squisito piacere e i sospiri di liberazione, tutto batteva il ritmo su cui loro due danzavano.

Quando raggiunse l'orgasmo, Wulf tremò. Lily era venuta molto prima di lui e lo aveva tenuto stretto a sé con tutto il corpo, braccia e gambe strettamente avvolte attorno a lui. La guardò negli occhi e scostò dal suo viso una ciocca di capelli umidi.

Con il cuore che gli batteva forte, restando ancora dentro di lei, le sussurrò: «Ti ferirò di nuovo, ma sarò sempre dispiaciuto quando accadrà. Cercherò di non farlo, ma non è così che funzionano le cose.»

«No, lo so,» mormorò Lily.

«Ti giuro questo: sarò sempre sincero con te.» La guardò intensamente. «Sempre.»

Lei ricambiò lo sguardo e, per un attimo, Wulf si chiese cosa avesse visto. Poi un sorriso le illuminò il viso: fu come vedere il sole sorgere al mattino.

«Sì,» gli rispose. «Posso vedere che lo sarai.»

Wulf non poteva essere da meno. Lei era il suo miracolo, e solo gli dèi sapevano quanto fosse raro per una persona trovarne uno.

Usando i mantelli come coperte, si sistemarono stretti stretti, l'uno accanto all'altra. Il domani avrebbe riservato loro molte sfide. Una guerra da combattere, un impero da costruire.

Ma le sfide ci sarebbero sempre state.

Solo che ora avrebbe avuto anche la possibilità di danzare di nuovo con lei.

Prima di addormentarsi, Wulf si chiese se non esistesse una fine per ogni storia.

Forse c'era solo e sempre un inizio.

Grazie mille!

Cari Lettori,

Grazie per aver letto La Prescelta! Spero che la storia di Wulf e Lily vi sia piaciuta tanto quanto io mi sono divertita a scriverla.

Volete rimanere in contatto con me ed essere informati sulle nuove uscite? Per farlo dovete:

- Iscrivervi alla newsletter mensile del sito: www.theaharrison.com
- Seguirmi su Twitter alla pagina @TheaHarrison
- Mettere un like alla mia pagina Facebook: facebook.com/TheaHarrison

Le recensioni aiutano gli altri lettori a trovare libri che potrebbero desiderare di leggere. Apprezzo ogni recensione, positiva o negativa.

Buona lettura!
~Thea

www.ingramcontent.com/pod-product-compliance
Lightning Source LLC
Chambersburg PA
CBHW071014180726
48291CB00004B/1453